JN086290

負の烙印・自死

佐々木時雄

新潮社
図書編集室

目次

カバー・扉写真撮影　筒口直弘（新潮社写真部）
装幀　大森賀津也

負の烙印・自死

一　旧友との再会と入院

岡崎邦彦《おかざきくにひこ》が勤めている大学病院に藤縄郁夫《ふじなわいくお》が患者として訪れたのは夏の終わりの頃であった。

総合病院の部長である南雲弘憲《なぐもひろのり》医師の紹介であった。

岡崎はインターン時代から知人を介して南雲の個人指導を受けていた。

このような経緯から、

「君の高校時代の同級生を紹介するから診て欲しい」

と南雲から話されていたので岡崎は日時などを調整し、予約日を決めていた。

初めての診察は上級医が担当することになっていて、入局したばかりの岡崎は初診の患者の予診をしなければならず、上級医の了承を得て郁夫の診察に当たった。

患者とはいうものの高校時代の同級生の診療に関わるのは稀なことで、岡崎は手探りを覚悟し、型通りの問診を行った。

予診を終え、次いで上級医の診察が行われた。岡崎から事情を聞いていたので、診察を終えると、上級医である大野仁《おおのひとし》が入院の手続きをするようにと岡崎に指示した。

入院したその日に岡崎はどういう事情で南雲医師が郁夫を紹介したのかを訊き、背景に複雑な事情があることに気付いた。

郁夫の大学院での指導教官である内藤義博《ないとうよしひろ》教授が南雲医師のもとで治療を受けていて、その際に内藤が郁夫についてどのように対応したらよいかを尋ねたところ郁夫の高校の名を聞いた南雲医師が、岡崎が同じ高校を卒業していることを思い出し、岡崎への紹介状を認《したた》めたということが分かった。

郁夫は経緯をすでに承知していて岡崎にすべてを委ねようと決心した。南雲医師の数回にわたる面接を受け、信頼していた郁夫は岡崎も個人的に指導を受けていると知り、同級生ということではなく、医師としての岡崎の力量に信頼を寄せたのである。

心配した八歳年上の姉が岡崎に挨拶するため上京し、後事を託し、日帰りで帰っていった。

「金瓶梅」にまつわる郁夫の体験談を聞いた岡崎は驚くというより関心を寄せ、郁夫の話すことに耳を傾け、傾聴に徹していた。

郁夫の話をまとめると、

『「金瓶梅」という文字が知らず知らずのうちに頭に浮かぶと、〝気〟が漂い、一瞬だが陰茎がムズムズしてきて、しまいに身体が動かなくなる。「金瓶梅」という作品を読んだ後からのことだ。その気を辿ってみたら根津《ねづ》神社の裏にある祠《ほこら》に充満していて、そこから漂い出ているのがわかった。内藤教授は信じてくれないがそれを確かめるためにその祠に一緒に行ってみて欲しい』

「金瓶梅」、「三国志演義」、「水滸伝」、「西遊記」を四大奇書といっていることも郁夫から聞いて岡崎はこういった経緯を初めて知った。

森鷗外も「金瓶梅」について「雁」という小説の中で取り上げている、と郁夫が言う。どういうことかと岡崎が訊いたら、郁夫なりの解釈を話してくれた。

小説に出てくる岡田という人が古本屋で「金瓶梅」を買い求めようとしたら「僕」と称する人物が先に買っていることが判った。

お玉と岡田の間に響き合う淡い恋慕に共感を抱いているのかと思っていたら、「『金瓶梅』を読みさして出た岡田が、金蓮に逢ったのではないかと思ったのである」と穿《うが》った言い方をしている。「僕」が鷗外だとすると薄情だなと思う。

こういう表現は、金蓮とお玉の境遇が当初は似通ってはいるが金蓮のその後の生活の送り方はお玉とはまったく異なっている。可憐なお玉を金蓮に見立て岡田との逢瀬を連想しているとしか読めない。森鷗外の真意が分からない。

『「雁」に登場する「僕」は鷗外であり、岡田の口を借りてけしからんと言っているのは

「金瓶梅」という作品で、西門慶と人妻との交流を軸にして、性技巧を子細に描写していることを指している。しかし、明代の風習などを学ぶことができ、いちがいに焚書《ふんしょ》にすべきではない。「雁」という小説の真価を貶《おとし》めていることに鷗外は気付いていない』

と憤慨しながら言う郁夫の批評に岡崎は感心した。お玉の置かれている境遇を思い遣る郁夫の共感力に岡崎は心を打たれた。その感性は郁夫が生育環境によって植え付けられた疎外感に裏打ちされているのではないかと推測し、同時に鷗外の作品を熟知していない故の理解不足に岡崎は悩まされた。

ただ、郁夫が「金瓶梅」という書に魅せられ、その文字が知らず知らずに脳裏をよぎった時に祠から漂ってくる、郁夫の言う〝気〟が郁夫の生活をも脅かしていることを岡崎は懸念していた。その〝気〟が祠から漂い、郁夫に伝わってくるという話に岡崎は医師として疑念を抱いた。また、〝気〟が漂ってくると陰部がムズムズしてきて落ち着かなくなるという話も岡崎を困惑させていた。

事が表沙汰になったのは、郁夫が非常勤で講師をしていた私立大学の付属女子高校での授業中に郁夫が口にした言葉に生徒が違和感を覚え、校長にいかがなものかと直に申し出たからであった。

郁夫は漢文の授業を受け持っていた。

教材として屈原の「楚辞」から詩文を引用していた。いい加減さを嫌う郁夫は原典をワープロで打ち込み、それを複写し、生徒に配って教材としていたのである。教務もそのことを生徒にとってもよいこととし、郁夫の講師としての力量を評価していた。

郁夫は屈原を高く評価し、その真価を生徒に伝えようとし、「楚辞」に収載されている、「九歌」の中の「少司命」を選び、授業を進めていた。

生徒たちは原文の難しさに辟易《へきえき》し、中には話を聞こうとしない者もいた。郁夫はそのことを承知の上で、郁夫なりの解釈を滔々と述べはじめていた。郁夫の屈原への畏敬の念が込められ、それが生徒に伝わることを期待していたのである。

「屈原は馴染みが少なく、残念なことですが知識階級の方にも知られていないのが現状です。ここで改めて皆さんに知っておいていただきたいと願っています。

屈原は、紀元前三百四十年に生まれました。楚の国で活躍した政治家であり詩人でもありました。秦の始皇帝の祖父の祖母である宣太后《せんたいこう》が若い頃楚におりまして屈原の知己を得ていたと言われています。日本はというと、弥生時代に相当します。

清廉潔白そのもので、楚の王に忠誠を尽くしましたが、政策を巡って対立し、王に対して諫言《かんげん》をしても受け入れられず、汨羅《べきら》に身を投じました。その死は多くの人に惜しまれ、多くの説話が伝わっています。

皆さんがご存知の粽《ちまき》は民人が屈原を慕い、食べていただこうと用意したと言われています。身近なところで屈原にまつわるお話が伝えられていることがおわかりでしょう。

屈原の詩句は『楚辞』に遺され、高く評価されています。今日は『楚辞』の中の『九歌』を教材にして授業を進めていきます」

生徒は難しい詩句に難渋していた。

一方で、郁夫は生徒が苦労していることを承知しながら屈原の詩句がいかに称賛に値するかを知ってもらうことに意を注いでいた。

後で省みて郁夫はその時に生徒の苦痛を分かっていなかったことに気付いた。伝えようとするあまり、伝わらないことへの危惧の念が郁夫に欠けていたのだ。授業は進められた。

郁夫は「九歌」について、

「楚国の民間に伝わる祭詞が卑しく、屈原が、程度が低いことに心をいため、男女間の愛情を崇高なものとし、男神と女神との相愛として叙述したのです」

と述べ、生徒に理解を求めた。

郁夫は「九歌」の中の「少司命」を取り上げ、その詩句の解釈を語りはじめた。

（秋蘭《しゅうらん》と蘼蕪《びぶ》と堂下に羅生す）

秋蘭は藤袴《ふじばかま》、蘼蕪はおんなかずらです。藤袴の花言葉は、あの日を思い出す、おんなかずらの花言葉は、永遠にあなたのもの、です。

このふたつの花が連なり生えて、緑の葉に白い枝が美しく、香気はたちこめて私にふりそそいでいる。いいですね、この詩がなにを詠いたいのかをふたつの花で暗示しているのです。

この部分を現代語で要約します。

秋欄は青々として、緑の葉に紫の茎が誠に美しい、それにも似て、広間に満ちた美しい人々、その中で、忽ちひとり私とだけ目配せして意を通じた大司命の神は、堂に入るときにもの言わず、出て行くときもことばをかけてくださらないまま微風に乗り、雲の旗を立てて去っていかれる。

世の悲しいのは、生き別れより悲しいものはなく、楽しいのは新たに心から知り合うことより楽しいものはありません。せっかく知り合った人に忽ち生き別れするとはこの上なく悲しいことです。

いいですね。

紀元前二百六十年ごろのことですが、楚の国の王室で催された少司命の祭典で少司命に捧げる舞で女公子である宣太后がこの九歌を唄い、心を寄せていた後に宰相となる黄歇《こうあつ》が伴唱しました。この舞があまりにも優美で見事であったことからその時に楚を訪れていて宴に招かれていた秦王の目に止まったと伝えられています。

この伝えは物語で真偽のほどは分かりませんが九歌のすばらしさが伝わり、舞い歌う姿が目に浮かびます。美しい。

脇道に逸れました。次に進みましょう。

ちょっと待って、

興女沐兮咸池　晞女髪兮陽之阿

（女《なんじ》と咸池《かんち》に沐《もく》し、女《なんじ》の髪《かみ》を陽《よう》の阿《あ》に晞《かわ》かさん）

に注意してください。

くりかえしますが、この詩句の中の、

女《なんじ》と咸池《かんち》に沐《もく》し

についてですが、咸池《かんち》は太陽がのぼるとき、水浴びする天の池です。兮《けい》は感動を表す助辞で、音調を助けます。乎《か》と同じです。

この詩句は少司命すなわち女性が大司命すなわち男性と共に夜を過ごす、という意味です。屈原は当時の民間の伝承を神々の行いとして詩句をつくりあげたと述べましたが、民間の伝承の字句ではもっと素朴な言い表しだったのです。

つまり大司命は男性、少司命は女性を指していて、男女が同衾《どうきん》すること、とか、まぐわい、くだけて言いますと男女の関係を結ぶ、乳繰り合う、を屈原が神の交わりとして美辞麗句で言い表しているのです。中国古代の最高文学として評価されているのも頷けますが、一方で明代の作品である「金瓶梅」の中で笑笑生《しょうしょうせい》によって描かれた自在に使う性描写に比べますと品格があります。

「金瓶梅」は中国で「三国志演義」、「水滸伝」、「西遊記」と並んで四大奇書と言われ、淫書とも言われています。しかし王室と違い民は粗末な住いでくらし、文字も知らないのでもっぱら話すことで伝え、伝えられた人が別の人に伝えるということで伝承が受け継がれていました。こういうことを考えますと、品格とは程遠いのですが民の言葉が当時の状況をありのまま語っていると言えます。少使命が大使命と共に夜を過ごすという描写は、神々の行いと詠われておりますが、「金瓶梅」の男女の営みと変わらないと考えます。


と、郁夫がここまで話したとき、教室にいた生徒達が、

「いやらしい、いやらしい」

と騒ぎ出した。そのさなか、郁夫が天井に顔を向け、ぼうっとしたまま黙り込んでいた。生徒の動きは速かった。生徒の幾人かが校長室へ駆け込んだのである。

数日して郁夫は主任教授である内藤義博に呼び出され、経緯を話すように促された。

郁夫は、

「『金瓶梅』の主人公である西門慶が語る性の技巧が頭の中を駆け巡り、身体の下半身がもぞもぞしてきて、身体が動かなくなったのです。一瞬でしたが意識が遠のき、その間のことを記憶していないのです」

と、ありのままに話した。

話を聞いた内藤教授は、

「屈原の『九歌』の授業をしていて、『金瓶梅』の西門慶が語る性の技巧が思い浮かんだというのは女生徒を前にして不謹慎だろう。そもそも少司命は大司命と共に古来、人間の寿命を司る天神と崇められている。そして『九歌』では祭祀の対象とされている。それを貶めるような解釈は信仰対象への冒瀆と見做される危険がある」

と、天を仰いで嘆息した。さらに、

「『楚辞』の詩句は四言一句つまり一つの句を四言で書き、それをつづけることで韻文全体を創作する手法で構成されている。それに加えて楽曲とともに歌えるようにした。また宗廟の祭祀に用いられる頌《しょう》を参考にして人間賛歌の頌歌《しょうか》を創作している。『九歌』において大司命と少司命とが神々との交流を通して神々を讃えている。兮《けい》は感嘆を表す助辞でこの辞を用いて神々との交流を一層讃えている。君も知っているだろうが兮は読まず、鍾や太鼓で感嘆を表す。実に見事な表現である。こういうことを教えるのが教師の役割だ。この独創的な詩句を過小評価するような下卑た解釈は、『古事記』の国生みの記述を性の営みを書き記したなどと得意げに語る識者となんら変わらない。あえて言うが、『楚辞』全体の韻文の素晴らしさを生徒に教えるのが本来の在り方だろう」

と厳しい口調で郁夫に語った。

生徒が通う高校は大学の付属高校である。大学は、『東洋ノ精神ニヨル人格ノ陶冶』、『己ヲ修メ人ヲ治メ一世ニ有用ナル人物ヲ養成ス』という建学の精神を掲げている。

この大学の付属高校で、大学院院生ではあるが臨時の教師として教鞭をとっていたのである。

大学の学長である秋元雅弘《あきもとまさひろ》教授が内藤教授と昵懇《じっこん》の間柄であったため、郁夫がもたらした騒動が内藤教授の知るところとなった。

これまでの経緯を聞いて岡崎が、

「『楚辞』も『金瓶梅』も私でさえよく知らない。高校生のレベルでは理解できないし、まぐわいなどという言葉は刺激的であるし、想像を超えている。難解さに辟易《へきえき》していた生徒の反感も手伝っている。このことに気を配らなかったことの方が責任を問われているのではないか」

と述べた。

「そうだね。空気を読めなかったというか配慮が足りなかった」

郁夫は肩を落としてぽつりと言った。

岡崎はこの陳述の内容をカルテに記載しなかった。他の医師が目にするからである。

カルテに岡崎は次のように記載した。

〝金瓶梅という文字が自身でも意識すらしないうちに脳裏をよぎり、身体下部のムズムズ感に襲われ、身体がこわばり動けなくなるという状態になる。意識も薄れ、その間に記憶がなくなる。これはともすると統合失調症と診断されかねない。しかし経過を看る必要があり、診断は保留とすることが望ましい〟

岡崎はあくまで診断を急がず、経過を検証する必要がある、と指導医に何度か伝えていたのである。

岡崎が医師として懸念していた、『突然立ち止まり動かなくなる、やがて動き出し笑顔を見せる郁夫の症状』については郁夫自身もどういうことかよく分からないと言っていたのである。郁夫は「金瓶梅」という文字が意識せずに脳裏をよぎると〝気〟が身体に入る。おやっ、と思うのだがあとのことは分からなくなる、とも言っていた。制止症状という術語はあるが、その字句だけで括るのはどうか、と岡崎は考えたのである。

病棟医長の回診で医長が「分からない」と言って立ち去ろうとするとその振る舞いに腹を立てる郁夫に岡崎が関心を寄せていた。郁夫が、分からないから異常だと決めつけてしまうことを暴力的だと言ったのは間違っていない、と岡崎は思っていた。現象のみを取り上げ、異常云々する手法に岡崎は医師として疑問を抱いていた。理解を深め、包み込むためには心が紡ぐ奥行きの深さを探求することを怠ってはいけないのではないか、とかねがね思っていたからである。岡崎が郁夫の希望に寄り添うと心に決めたのは、岡崎自身の考えに基づいていたのである。

「祠から〝気〟が漂い、落ち着かなくなると聞いたが、どういうこと」

岡崎が訝《いぶか》し気な表情を見せながら問いかけた。

「祠を一緒に見てくれないか」

郁夫が岡崎に懇願するように言った。

「ああ、いいよ」

と岡崎が直ぐ承知した。

翌日、外出許可が下り、郁夫は岡崎と共に病院を出た。

「祠はホトの形をしている」

郁夫が言った。

「えっ」

岡崎が訊き返した。

「ホトは、ほら、『古事記』にあるミホトのホトだよ」

郁夫が言い、

「女陰のこと」

と岡崎が確かめた。

「そう、そう」

郁夫が嬉しそうに言い、すたすた歩いた。

岡崎とこんなやりとりをしながら郁夫は言問《こととい》通りから弥生《やよい》坂《ざか》、不忍《しのばず》通りと勝手知ったように根津神社へ向かった。そして神社の裏手に回り、目指す祠へと岡崎を誘った。

祠は郁夫が言うように入り口がホトの形をしていたことは想像力を働かせなくても明らかだった。

間口が広く、奥行きが一間ほどしかない浅い祠は薄暗く、妖気が漂うという表現がそれほど大袈裟と言えなくもなかった。

「郁夫さんが言うような〝気〟が漂っているようには思えないが、郁夫さんが感じるのであれば本当としか言えないね」

岡崎が思ったことを言い、さらに、

「聞きかじりだけど、根津神社近くの湯島天神や不忍の池近くに根津遊郭があったが本郷に東京大学ができ、風紀上好ましくないということで移転が強制されたという話がある。『雁』のお玉は鷗外によって『金瓶梅』の登場人物と同じく見做されたことで、お玉の苦悩に満ちた事情を汲んでいないと郁夫さんは思っている。『金瓶梅』の登場人物はまことにあっけらかんとしている。一方で根津神社界隈の娼妓は悲哀を背負っている。この違いに鷗外は気付いていていない。郁夫さんの鷗外批判はこの点にあるのではないか。強制的に移転させられ、客である東大生との仲を引き裂かれた当時の娼妓の怨念がこの祠にこもっているという見方もできる。すると郁夫さんのいう〝気〟も荒唐無稽と言えないのではないか。まとまりのない話でごめん」

と言い加えた。

「それは有名な話だが知らない人が多い。当時の東大生にはなじみのある土地だが」

郁夫が言い、

「なにか関係があるの」

と岡崎に問いかけた。

「郁夫さんが鷗外の小説である『雁』の批評をしたが、あの小説に出てくる無縁坂《むえんざか》とか湯島天神などから舞台が本郷に近いと思うが、読み違えかな。いずれにしても本郷は学問の街だが、意外だと思っただけだよ」

と岡崎が何気なく言った。

「本郷は摩訶不思議。歴史の勉強。でも岡崎さんの話は鋭い感性に裏打ちされている」

と郁夫が笑いながら言い、

「本題に戻ろう。祠から漂うというのは妄想というの」

郁夫が岡崎に迫るようにして言った。

「医局というのはね、教授の意向に逆らえない。まず病棟医長の症例検討での診断を待たないとね」

岡崎が常套句を吐くようにして言った。

数日後に二十数人の医師が集まり、恒例の病棟医長の診察が行われた。岡崎も後ろの席に座り、耳を傾けていた。

医長の小栗要《おぐりかなめ》講師が口を開いた。

「『金瓶梅』という文字が頭をよぎると〝気〟が漂ってきて体が変になると君は言うが、おかしいじゃないか。それに、祠から漂う〝気〟が襲ってくるとそうなる、というのもよく分からないね」

と言うのを聞いていた郁夫が、

「〝気〟だよ。〝気〟も分からないのか。人間は理解できないことがあると不安になる。ついで理解できないものを分類し、衝立の向こうから眺めて、あれは自分たちとは違う人達だと、安心する。これに似た言葉をある記事で知ったが、違う人たちだと思われたほうはたまったものじゃない。あなたも安心する側なのか」

と、小栗要医長に向かって詰め寄った。

「分からない」

小栗が言い、

「分からないとは、どういうこと。ヤスパースの現象学か」

郁夫がさらに詰め寄った。

「君は知っているのか。ヤスパースを」

小栗が薄笑いを浮かべながら訊いた。

「現象学とは、我々に対して、何ものかがどのように現れるかという現れ方を問題にする方法だろう」

郁夫が真に受けて答えた。

「まあ、そういうことだね」

小栗が受け流すようにして言った。

「なぜ現れるのかを深く究め、理解し、なぜ包み込もうとしないのか。現象だけを取り上げて、分類しているだけじゃないか」

郁夫が食い下がった。

「それだけじゃない」

小栗がたしなめるように言った。

「患者の苦しみを分かち合おうと苦心していない」

表情を変え、郁夫が声を荒げて叫んだ。

小栗は、押し黙っていたが思わず含み笑いを漏らした。それを目にして、

「聞いているのか。馬鹿にするのか」

郁夫がさらに声を荒げ、詰め寄った。

「人間は、理解しえないものの力を借りることではじめてあらゆるものを理解することができる、という先人の言葉を知らないのか。それには感受性が要る。お前は感受性を失っている。ある作家が、警察はけっきょく、分からないのに異常なるものと難解なるものとを混同

してしまうという、甚大にしてお定まりの過ちを犯している、と言っている。その言葉を今お前さんに伝える。お前、分からない人間が少数だからといって異常だと言うのか。そう言われて傷つく人の痛みを考えたことがないのか。お前、精神科医だろうが。このハゲ」

こう言って、郁夫が小栗の頭をぽかりと叩いた。

集まっていた医師達が駆け寄ったが小栗が、

「もういい」

と言ってそれを制し、病棟医長による診断会議を終えてしまった。

そして郁夫を病室に帰し、

「診断名は分かるだろう。重症だよ。スキゾフレニアだよ。インシュリンショック療法をしたまえ」

と、担当医である岡崎に指示した。

医局制のもとでは教授、助教授、講師である病棟医長の権限は強く、指示に従うのは当然のこととされていた。

岡崎はインシュリンショック療法について上級医である助手に教えを請うたが、看護師のほうが詳しいと言われ、驚いた。

看護師と看護助手の助けを借りないとできないことも分かり、数日の間に治療の進め方を話し合った。そして精神科病棟では、医師よりも看護師や付き添い看護助手のほうが経験も豊かで、患者から漂う匂いで病名を言い当てるということも知った。

岡崎は翌日にはもう準備を始めた。郁夫には、治療には責任を持つから心配しなくていい、と語り、計画を立てた。

一九六〇年当時、この治療は有効な薬剤も少ないため、電気ショック療法と共に有効な治療とされていたのである。

当時は患者を閉鎖病棟に閉じ込めておくことが大半で、多くの精神科医は現象を理解しようともしないし、ましてや包み込むなどとは考えようともしなかった。なかには看護師まかせで病棟に足を運ばず、カルテだけは記載する医師もいた。

「カルテを書かない医師がいる」

というその医師の言葉を耳にし、岡崎は愕然とした。

郁夫は、病に追い込まれ、苛まれる患者の苦悩に満ちた思いを代弁していたのだ。

苦痛を取り除かなければならない。思いを新たにし、改めて指導医に教えを請い、岡崎は治療を始めた。

インシュリンを静脈に注射すると血糖値が下がり、やがて意識が混濁し、両下肢の攣縮《れんしゅく》がはじまる。この痙攣《けいれん》の僅かな兆候を見定めるのが付き添い看護助手であった。

「先生、ブドウ糖」

と大きな声で岡崎が呼ばれ、ブドウ糖を静脈に注射するのである。そののちにほどなくして意識がもどる。

　全身の汗を看護助手が拭い、

「よかったね。もう安心」

と、声をかけながら看護助手が身体をさする。この手当てを受け、郁夫の悪夢から覚めたような安堵の表情が浮かび、それを目にした看護助手との心の絆が深まっていく。

　これを一週間つづけるのである。

　細心の注意が必要だが岡崎にとって、付添いの看護助手の、

「先生、ブドウ糖、ブドウ糖」

と呼ぶ声が、いつしか支えになっていた。

　岡崎は付き添いの看護助手の力を借り、担当医としてその治療を事故も起こさず無事に終えていた。指導医も手際の良さに感心していた。

　この治療はまかり間違うと死亡することもあり、恐ろしいことで知られているのだが担当医としての岡崎を郁夫が信頼していたことも手伝っていた。

　岡崎は担当医として、郁夫が回復してくれればいい、と心底から願っていた。意識が混濁していた際に、

「やんだ、やんだ、やめでけれ」

と地方の方言が郁夫の口から洩れたとき、岡崎は涙ぐんだ。同じ地方の出だからではある

が、幼少時に刷り込まれた言葉が成人になっても息づいていることにも改めて気付かされたからである。心の営みの奥行きの深さに、岡崎は医師として多くのことを学んでいた。

付き添いの看護助手も、郁夫が岡崎の言うことに素直に従ったことに驚き、

「たいていの人はこの治療を嫌がって反抗するのに不思議ね」

とさえ、陰で言い合っていた。

岡崎は看護師や付き添い看護助手の力量と献身的な介護に感動し、それ以来、生涯にわたり全幅の信頼を寄せるきっかけになった。

郁夫は驚くほどの速さで日常生活に適応できるようになり、主任教授である牧野《まきの》祐之《ゆうし》教授も驚き、岡崎に向かって、

「君、精神療法をしたのかね」

経緯を確かめようとするように訊いた。

「ただ話すことにひたすら耳を傾けていただけです」

と岡崎が控えめに答えると、

「そうか、よかった。もういいだろう」

牧野教授が岡崎を労《ねぎら》った。

郁夫は三か月で退院した。岡崎は担当医として郁夫の診療録をまとめるにあたって数か月かかり、指導医に注意された。

診断名を保留したことを伝えると、暫定でもいい、記録が大事です、とも指導医に言われた。

岡崎の担当医としての診療録のまとめの遅さは担当医としての自負も手伝い、診断をためらったことが原因だった。

牧野祐之教授は教授回診の際に意外にも、

「保留も診断だ。いいじゃないか」

と容認したのである。

岡崎は牧野教授の懐の深さに感銘し、当時吹き荒れた大学紛争のさなかにあっても変わらぬ敬意の念を抱き続けた。

退院後は外来での診察は岡崎が担当できないため、近郊の病院に委ねられた。医局制の弊害ともいわれ、患者の立場が考慮されずに医局の事情で転院が行われていた。

郁夫からの知らせで、転院先の病院に入院したことを知り、岡崎が病院を訪問し、面会した。

近郊といっても多摩地方で国領《こくりょう》の駅を降りたときは閑散とした街並みに都落ちに似た気分に襲われ、岡崎は思わず感傷的になった。

だが独りよがりであることに岡崎は気付き、それを恥じ、

「希望を持とう」

と郁夫に語りかけた。

二　郁夫の生い立ち

岡崎が郁夫の生い立ちにあえて踏み込もうとしたのは医師としての探求心からであったが、病の原因を絡んだ糸をほぐすようにして解き明かす責務もあったからである。

岡崎は、高校時代に同じクラスだったこと以外に郁夫の生い立ちについてはまったくと言っていいほど知らなかった。級友同士で級友の私生活や成育史について関心を寄せることは、まして高校生の間ではない。

岡崎は、郁夫との談話や家族が語ることを岡崎自身の記憶に基づいてまとめようとした。

岡崎の記憶にあるのは、高校二年の時に演劇部が主催する発表会で郁夫がユージン・オニールの作品である「地平の彼方」の弟・ロバアトの役を演じたことである。

死の直前に丘の上に登り、兄とその妻ルースに向かって息も絶え絶えに言うセリフを岡崎は覚えている。

〝泣いてくれるな。おかしいよ！　ごらん、とうとう僕は幸福になれたんだ。自由になって――自由になって――畑から自由になって――永久に、何処までも漂浪して行く遠い旅立ちをしようとしているんだ！　あの丘ももう俺の邪魔をする力はない。ごらん！　丘の向こうは綺麗じゃないか。いつもの声が俺を呼んでいる――今度は行くぞ。俺は自由なんだ！　これは最後ではない。自由な最初だ――船出だ！　わかるかい？　望みの旅――解放の旅――地平の彼方へ――俺のものになったのだ！　喜んでくれ――俺の為に喜んでくれ！　兄さん！　ルースを頼む――〟

郁夫が当時、昭和二十七年に発刊されたばかりの岩波文庫所収の「地平の彼方」を読み、それを基にシナリオを書き自ら演じたのはやはり注目に値する、と岡崎は思った。「地平の彼方」を読破するほどの力が高校二年生にあるとは思えない。郁夫が演劇部で活動していたからこの名作を手にすることができたのかもしれない。

岡崎が郁夫の舞台での活躍を鮮明に思い出したのは、郁夫のその後の歩み、そして自死と判断されるに至った経緯を郁夫の人生の軌跡として捉えようとしたからであった。

岡崎が郁夫と再会したのは、病のために紹介されて岡崎が勤める大学病院を受診したという事実関係によるもので、運命でも偶然でもない。岡崎がたまたま医師として働いていたという事実が再会をもたらしたと言える。

岡崎は担当医で郁夫は患者という関係がもたらす緊張感が、岡崎にとって心理的に負担になっていたことは否定できない。それを克服するのが医師としての責務と岡崎は心得、あえて成育史を訊き、それを診断に役立てる手筈を整えた。

郁夫の生家は仏具店を営んでいた。町は県庁所在地に次ぐ由緒ある城下町である。伊達藩の一族である田村藩に属していた。

郁夫の生家は町の表通りに面していて、間口は十間たらずで道路に面した表に線香や蠟燭などが並べられていて、中に足を踏み入れると大きな仏壇が幾つも置かれ、店が狭く感じられ、明かりも薄く、暗いという印象を与えていた。

町の中心から離れている通りは閑散としているが、今はない城があった小高い山に繋がっていてそこを訪れる人で時には賑わう。

郁夫が通った高校は、明治時代に県で二番目に建てられた旧制中学が戦後に学制改革で高校となっていた。地方では名門高校である。

クラスに女生徒が少なく、選択科目が理系ということもあって郁夫が二年生のときには女生徒は一人もいなかった。質実剛健という古めかしいお題目を唱える者もいて、応援団が幅を利かせていた。

郁夫は校風から一歩引いていて行動も控えめで、演劇部で活動していた。

岡崎はというと、柔道部で活動していた。戦後の占領政策でその活動が制約されていたが県大会などへの参加が認められ、岡崎にとっては十分であった。

郁夫は生後三か月で母を喪っている。産みの母を知らずに育ったことが郁夫のパーソナリティ形成に少なからず影響を与えたことは否定できない。郁夫がそのことをことさら口にしなかったことは、逆に言うと母を喪ったという事実を否定しようとする心理的な機制が働いていたとも言える。

郁夫が高校二年生のときに「チャタレー夫人の恋人」を原書で読みこなしたというエピソードも岡崎は記憶していた。

郁夫とそれほど親密ではなかったが郁夫に関するエピソードを記憶していたことを岡崎は不思議な縁だと改めて思っていた。

郁夫の父が再婚し、弟が生まれた。そのことを郁夫は口にしなかったが、入院するにあたって上京した姉が教えてくれた。口にしなかったのは、逆に言うと母を喪ったという事実と義弟がいることを否定しようとする心理的な機制が働いていたとも言える。

姉が二人いて、十歳上の姉が父と折り合いが悪く離婚したのちに自死したこと、八歳上の姉が郁夫の大学病院への入院が決まった時に上京し、岡崎と話し合ったことは確かだが、弟がいることを語らなかったことは郁夫の屈折した心理を窺う上で重要なことと岡崎は受け止めた。

郁夫は高校時代に映画をよく観ていた。岡崎が映画を観ていたときに別の席で観ていた郁夫が、岡崎の学生帽を取った。その際に岡崎はあえて取り返そうとせずにいて数日してから郁夫の方から返してくれたことを岡崎は思い出していた。岡崎も気にしていなかったが郁夫の行為の意図が摑めていない。帽子を脱ぐのがマナーと、郁夫が岡崎に教えたのかもしれない。

岡崎は郁夫の行動の動機を知らないままであることに気付き、懐かしくもあり解明できない自分にもどかしさを覚えていた。

郁夫は首都圏の国立大学に進んだ。

卒業式で郁夫の父親が父兄会代表で答辞を読み上げた。

岡崎が郁夫の父親について知らないことが多過ぎることに気付いた。

最初の問診の時に、郁夫が父親について語ることを拒んだからである。

「言いたくない」

郁夫はこう言うなり、険しい顔になり、天井を見上げた。

「お父さんは人格者だという評判だが」

岡崎が高校時代の噂話を思い出して言うのを耳にした郁夫が、

「裏表があり過ぎる。あれは紳士面をしながら家族を虐待し続けていた」

怒りを露にして言い切った。

岡崎も立ち入り過ぎると思い、それ以上は訊こうとしなかった。

郁夫の母が郁夫を産んでから三か月で死亡したことは郁夫の八歳上の姉から聞いていたが、

それすらも郁夫は話さなかった。

「探究心から訊こうとするのだろうが、興味本位でカルテを見ようとする輩《やから》がいるよ。きっと、岡崎さんはそうじゃないと思うけれども、傷ついている僕をこれ以上傷つけないでくれないか」

郁夫が言い続けた。

「探究心は医師としての責務だが」

岡崎が言う。

「それは分かるが、カルテは共有される。岡崎さんの胸に収めてくれるのならいいが、そうはいかないのではないか」

「じゃ拒否的な態度に終始する、と書き記します」

と岡崎が言い、父親に関する記述は空白が多いままに終わった。

三　郁夫と絢子の出会い

飯島絢子《いいじまあやこ》は、藤縄郁夫との最初の出会いを思い起こしていた。

郁夫が住む学生寮は、大学によって運営されていた。

一年に一度、寮で行われる寮祭に学生を招く習わしがあった。

以前に開かれた合コンで一目見て心を奪われた郁夫は絢子を招待していた。郁夫が絢子の住所を苦労して調べ、招待状を送ったのである。

招きに応じて足を運んでくれた絢子に郁夫は笑みを浮かべ、

「飯島絢子さんですね」

と声をかけた。

「お招きをいただき、ありがとうございます」

絢子がお礼の言葉を述べた。

「粗末でむさ苦しい二人部屋です」

郁夫が戸を開け、部屋を見せた。

絢子が驚いたのは床の汚いことだった。そこに平気で布団を敷いているのかと思うと、当惑してしまい、郁夫の説明を聞いて顔が赤くなった。別の世界に住んでいる人というのが、絢子の抱いた郁夫への印象だった。

郁夫は絢子に惹かれ、幾度か手紙を書き送った。当時は電話も携帯電話もなかったのである。

最初のデートは喫茶店だった。郁夫が珈琲を飲むときにスプーンで啜るのを見て、絢子は喫茶店などにあまり出入りしていないのでは、と思った。あえてマナーを無視しているのか、あるいは知らないのか複雑な人、と想像を巡らしていた。絢子の知らない地方の土地で高校時代を過ごしたということも初めて知り、そのことも手伝っているのかとも思った。

〝なんという人だろう〟真面目なのか貧しいのか、よく分からなかった。ただ、親しい友人と喫茶店で珈琲を飲みながら話し合ったりした経験が少なかったのかもしれないと思った。

〝孤独なのかしら〟そう思うといい人なのかもしれない、と絢子は自分に言い聞かせていた。

珈琲をスプーンで啜る郁夫の仕草が絢子の心を捉えていたことを郁夫は知る由もなかった。

「藤縄さんはどういう研究をしているのですか」

絢子が郁夫に訊いた。

「屈原の研究をしています」

「屈原！　私その人物を知りません」

「ええ、知らない。お父さんから聞いていませんか。貴女のお父さんは石油危機の時にイランに石油を買いに行った日の丸の会社に勤めておられる。確か首都圏の国立大学出身と聞いていますが」

「父から聞いたことはありません。多くの人に知られている人物ではないのではないですか」

「そう、実は屈原の実在を疑う学者がいまして、私は実在説を唱えて研究をしているのです」

「そうですか、ロマン、いいですね」

絢子は感心しきっていた。

絢子は藤縄郁夫が取り組んでいる課題にロマンを読み取り、虜になっていた。

不思議な出会いであった。

学生生活は遊びではない。付き合っているといっても、月に二度ほど会いお喋りをするだけの間柄で、深い付き合いではなかった。

いつの間にか二年の歳月が過ぎていた。

郁夫は規定によって学生寮を出て、アパートに住むようになった。さらに二年後に中国文学研究科に進んだ。

一方、絢子は卒業し、女子大の大学院に進んでいた。

それから半年ほどは音信も途絶え、絢子も自分のほうから手紙も出さなかった。双方とも電話もなく、会うこともなかった。

郁夫から手紙が来たのは絢子が就職して間もない、忙しい時期だった。〝友人と一緒だが喫茶店で会ってくれないか〟ということだった。

半年の間に大学病院で入院治療を受けていたことを郁夫が打ち明け、友人というのは主治医にあたる人で、実は高校時代の同級生だということも知らせていた。

照明が地味で店内には落ち着いた雰囲気が漂っていた。若い人が少なく、流れる音楽も静かで洗練されていた。客の多くが大学の関係者と聞いて、郁夫が選んだのだろうと、岡崎は思った。

飯島絢子と会うのは初めてだったので岡崎邦彦も戸惑った。岡崎は、一方で、絢子が薄化粧をしているのに気づき、驚いていた。

絢子のそばに岡崎が座っていた。

絢子と会うのは初めてでもあり、岡崎は何事かと郁夫と絢子の二人を見つめていた。

「岡崎先生、先生と呼ばせてください」

郁夫の声が上ずっていた。

「いや、いや、先生はよして」

岡崎がどぎまぎしながら言った。

「僕は、飯島絢子さんにすべてを話しています」

郁夫が椅子から身体を乗り出しながら言った。

「そう、苦心したのでは」

岡崎が郁夫に向かって触れまいとするかのように回りくどい言い方をした。

絢子が、

「岡崎先生は郁夫さんの高校の同級生と聞いていますが」

岡崎も頷いて、

「そうです。郁夫さんは成績のいい生徒でした。優秀です」

と答えた。

郁夫が、

「岡崎先生は医者なので慣例に従って先生と呼んだのです」

と言い、話を進めようとした。

「郁夫さんは入院している時、気分が落ち込んでいました」

とだけ岡崎が言い、話題としては触れなかった。

「ところで、岡崎先生は飯島絢子さんをどういう人だと思いますか、お父さんは石油会社に勤めています」

郁夫が絢子の個人的なことに触れ、どのような印象を抱いたのかを訊ねたので、

「いい人ですね。お似合いです」

岡崎がにこやかな笑みを浮かべながら答えた。この一言で郁夫も笑みを浮かべながら絢子のほうを向き、何度も頷いていた。

岡崎は絢子が伴侶としてどう思うかと訊いたのではないかと察し、

「飯島さんは看護師さんのお世話になったことがありますか」

と絢子に訊いた。

「父が病気で入院した時に看護師さんがベッドのそばに何度も立ってくれて、状態を訊きながら、まもなくよくなりますよと言ってくれました」

絢子が昨日の出来事のように話した。

「主治医はあまり来なくて看護師さんとの何気ない話し合いが父には有り難かったようです。だいたい医師は看護師さんの見回りの話を基にして診断するのでしょうけど、何気ない気配りも治療に役立つのではないかと思いました」

絢子の鋭い指摘に岡崎が促されるようにして、

「飯島さんの仰有《おっしゃ》るとおりです。症状の改善に役立つのは看護師さんのケアが大きな比重を占めています」

岡崎はさらに、

「看護師さんのように接していただければと思います。郁夫さんは、きっと元気になりますよ」

と言い添え、それ以上のことは言わず、世間話をして別れた。

一月《ひとつき》ほどして、郁夫から結婚式の案内状が岡崎宛に郵送されてきた。

展開の速さに驚いた岡崎が出席の返事を出さないままにいた。

式場は大学生協の食堂部が運営する中央食堂ということであった。

そこには「きずな」と題する絵が壁画として展示されている。

岡崎も職員の勧誘に応じて会員になって、利用していた。しかし出席するかどうか迷っていた。

郁夫の主任教授である内藤義博教授がぜひお会いしたい、というので一度会ってはいた。

そのとき、

「私も医者になりたかったが、数学に弱く、諦めました」

などと内藤教授が話し、岡崎も他愛のない話をして時間をやり過ごした。

内藤教授に岡崎を訪ねるようにと勧めたのは、岡崎がインターン生であった頃から個人的に指導を受けていた医師であった。大学の非常勤講師を務めていて、国内では名の知られた精神科医である。

この藤堂隆弘《とうどうたかひろ》医師は内藤教授の主治医で、岡崎は内藤教授の人となりを藤堂から聞かされていた。妻との会話がなく、メモでやりとりをしているということであった。一点の過ちも見逃さず、己に対しても厳しく、何度も手を洗うという症状に自ら悩まされていた。

一見すると温和で物事に頓着しないと思わせるが、妻への拒絶的な態度は節度を超えていて、自身でも解決できない課題として藤堂の治療を受けていた。

岡崎は内藤教授の郁夫への対応に不安を抱いていたが、郁夫の病には触れなかった。あえて深入りしなかったのである。郁夫の結婚について内藤教授夫妻が仲人を務めるということで岡崎は成り行きを見守ることにした。


この頃の多くの精神科医が知的障害者や精神障害者は結婚すべきではない、ましてや子供を産むことなど論外だ、と主張していた。

岡崎はこうした考えに疑問を抱いていたが、郁夫の結婚式に出ることを躊躇《ためら》った。

結婚式は教授夫妻が媒酌人となって行われた。

岡崎は欠席した。郁夫が気まずい思いをするのではないかと気遣ったのである。そのほかの理由は郁夫には話さなかった。

このことを岡崎は後々まで後悔していた。

結婚式の模様は後で郁夫から聞いていた。

岡崎が医局の人事で総合病院に勤務してから四か月経った頃、郁夫が電話で、話をしたいので病院に訪ねたいと言ってきた。

夕方で、診察券もなく、私的な訪問という形で岡崎が対応した。

お茶もなく殺風景だった。

話は長い時間に及んだ。

郁夫が弱音を吐いた。

「学位論文がはかどらない。このままだと助教授になれない」

「その学位がないと大学に居れないということ」

と岡崎が問い質した。

「そう、東京にも居れない」

「どうして」

「教授が例の付属高校での騒動を持ち出し、知り合いの教職の間で今でも話題になっていて紹介しにくい、と言ってきた」

「誤解を解くように努めるのが上司では」

岡崎が内藤教授の対応に疑問を呈した。

「私から教授にお願いすることはできない」

「どうして」

「酒を飲んでいることが露見してしまった」

「え、学内で酒を飲んだ」

「例の〝気〟を散ずるのさ」

「どういうこと」

「酒を飲むと〝気〟を散ずることができ、つまり〝気〟にとらわれることがなく、平常心でいられるのさ」

「それは苦しいね。でも教授には分からないのではないか」

郁夫の言い分を岡崎なりに理解しようとしたが、内藤教授には許しがたいと思えたのだろうと推し量った。

確かに「金瓶梅」という文字が自らの意志とは関わりなく脳裏をよぎると漂ってくる〝気〟に侵され、一瞬どうしていいのか分からなくなるという苦痛が岡崎にも伝わってきた。その苦痛を理解し、共有することが岡崎には少なくともできていたのだ。こうしたことから、岡崎にとって郁夫が統合失調症に罹患していると考えることは行き過ぎだ、と思えたのは不自然ではなかった。

岡崎は、郁夫の病と称されたのは、「自分の中の何ものかが、自分から漏れて他人に知られ、あるいは他人に影響をおよぼす」という特徴をもっている、自我漏洩症候群と言われる症状と捉えていた。思春期にこの症状が生じて持続する病態を思春期妄想症とも呼んでいて、統合失調症とは区別できると考えていたのである。「金瓶梅」という文字が頭をよぎると〝気〟に侵され、どうしてよいのか分からなくなることも郁夫が口にしない限り他人には窺い知ることはできないのだが、郁夫にとっては侵されて性的興奮が起きる状態が他人に知られているという恐怖が実態なのだ。

淫らという言葉にこだわるのは、他人に影響を及ぼしたと断定した内藤教授の言葉だからである。耳にしたからには無視できず、自らが治療を受けている医師に相談し、その紹介によって岡崎の患者になったことを重視すると、上司の言葉には重みがある。

岡崎は、内藤教授によって烙印を押され、郁夫が世間からつまはじきにされたと思い込み、疎外感に苦しんでいると考えていたのであり、その苦悩に理解を示していた。

アルコールにしても依存ではなく、ほろ酔いで心が落ち着き、居場所に辿り着くと言える手立て、と岡崎は考え、

「ほどほどに」

と郁夫に言い、飲酒を咎めることをしなかった。

岡崎の指導医であった中村礼治《なかむられいじ》医師が「依存」という術語を嫌い、「依存」ということばを口にする医師に向かって忠告していたことも念頭にあった。

居場所を求めざるを得ない苦渋を依存と称して括り、理解しようとしない短絡的な決め付け方を中村が批判していたことに、岡崎は医師としての見識に敬意を払っていたのである。

郁夫の苦渋を目の当たりにして絢子が相談に乗って欲しいと岡崎に言ってきたので一緒に来るようにと伝え、一月後に会った。

時間外だったので前と同じく個人的な相談という形で郁夫夫妻と三者で話し合った。

郁夫はやつれていた。提出した論文が助教授への推薦を満たすほどの水準に達していない、と言われ、論文には所属している大学と指導教授の名前が載るので一流と言われる大学の水準を満たさないといけない、とも言われた、と岡崎に話していた。

「諦めるしかないと思うのだが、絢子が頑張ったらと言ってきかない」

と言う郁夫に、

「頑張れますか」

と岡崎が問いかけたら、

「いや、もう無理。手のいいパージ、ご存知の聖痕いわゆるスティグマ、負の烙印、精神障害者の苦難ですよ」

と郁夫が力なく答えていた。

「それは――」

と岡崎が絶句した。

このやりとりを聴いていた絢子が、

「岡崎先生にだまされた。アルコールのことは岡崎先生も知っていたのでしょう。それにどうしてこの病院でわざわざ会わなければならないのですか。私は何も知らないのに」

と、絢子が非難めいたことを口にした。

それに対して岡崎はなにも言わなかった。

家庭内暴力に巻き込まれている児童が『私の中に別の人がいて、怖いお父さんの前でいい子ぶる』という症例報告がまま見受けられ、それが論文で発表されるようになり、学会で話題に上っていたのである。

岡崎も関心を寄せていた。

このような事情もあって岡崎は、

「落ち込んでいた時期があり、その治療をしました」

としか言わなかった。

気まずい空気が漂ったが、郁夫も押し黙ったまま時間が過ぎていった。

二月《ふたつき》ほどしてから岡崎が一計を案じ、地方ではあるが、岡崎の恩師で郁夫にとっても恩師に当たる小野稔《おのみのる》に手紙を認めた。

小野は県の教育長を務めていた。

郁夫が教職に就けるように、と岡崎が依頼したのである。いわゆるコネという類いのものであったが、岡崎はあえてこの方法を選んだ。

小野は、教え子が苦境に置かれていることを岡崎の手紙で読み取り、私立ではあるが短大の教授として郁夫が働けるようにと骨を折ってくれた。

幸運とはこういうことを言うのかと岡崎も驚いたが、短大の理事長相原正義《あいはらまさよし》も小野の教え子とも言える人で、郁夫や岡崎の先輩であった。

四　郁夫の新任地

郁夫が県庁所在地である地方都市に移住したのは四月になってからだった。新学期に間に合うように、郁夫が単身で赴任した。絢子が出産を控えていたのである。

三月《みつき》遅れて七月半ばに絢子が新居へ移り住んだ。

県庁所在地から二駅《ふたえき》離れているが駅から歩いて十分で着く住まいを郁夫が求めていた。短大の理事長、相原正義が保証人になりローンを組んで手に入れた一戸建住宅であった。郊外の造成地で周囲には空き地が数多くあり、静かではあるが助けを求めるにはどうしたらよいか、を絢子は真剣に考えはじめていた。

一方で絢子は郁夫の配慮に感謝すると同時にこれは私にも知り得ない、隠れた才能か、と驚いてもいた。教授とはいえ新しい任地で住まいを手に入れるなどとは至難の業、と絢子は考えていたのだ。

ところが駅から住まいまで歩く道の交差点には信号もなく、渡るには、自分の五感を働かせ、身体を張って車を止めるかやり過ごすしかない。危険のない瞬間を判断するのは歩いている本人である。

絢子は子供を育てる上で助けが必要になった時にどうしたらよいか思案に暮れ、郁夫の八歳上の姉、由里子《ゆりこ》に相談した。

「いろいろなことが起きますよ。その時々の経験が役に立つのよ。工夫を凝らすことが子育てに向かう自分を育てるの。大変よ。でもいざとなったら親戚を頼る。遠慮したら元も子もない悲しい事件が起きる。子育てというのは教科書がない。自分でマニュアルを作るの」

由里子の言うことは説得力があり、疑問を差し挟むことなどできなかった。

「お義姉《ねえ》さん、助けてくれますか」

絢子が言った。

「どういうこと」

「助けていただく方法も学べるかもしれないので」

絢子の申し出に、

「いいわよ。子育てには助けが必要だからね」

由里子が応じてくれ、絢子は胸をなで下ろした。由里子の住まいは郁夫が勤める短大の近くだったが、汽車を乗り継いでも一時間はかからなかった。

絢子は頻繁には助けを求めなかったが力強い後ろ盾の存在が拠り所になり、日々を無事にこなしていった。

三年が過ぎ、次男、恭介《きょうすけ》が生まれた。

二人の子供を抱え絢子は疲れ切っていた。郁夫は講義の準備に追われ、図書館に通い、子供の世話をしなかった。絢子は窮状を郁夫の姉に訴え、救いを求めた。

救いの手がすぐ差し伸べられた。由里子が短大の理事長、相原に相談し、相原の二年先輩である学校教師が教え子を手伝いとして世話してくれたのである。大沢智子《おおさわともこ》が住み込みで育児の世話をしてくれることになった。

郁夫は在籍した大学や大学院での同輩との交流がまったくなかったし、まして出身高校の先輩や後輩の世話になることになるとは考えもしなかった。

だが郁夫は育児のことは絢子に任せっきりで、ほとんど手伝うことがなかった。男は口出しをすべきではない、という世間一般の常識がまかり通っていて、それを真に受けている郁夫の主体性のなさを絢子は鋭く捉えていた。

絢子は、郁夫の身勝手な態度を容認していた。学者にありがちな自分本位をむしろ当然視していたからである。それをよしとする風潮に絢子も何ら違和感を抱くこともなかった。だが郁夫の、誰が考えても理解できない控えめな行動は以前から見受けられ、結婚してから絢子も気付いていた。郁夫も説明できない父親との葛藤が要因になっていたことが明らかにされたのは、郁夫がアルコールを断つために断酒会に通うようになってからだった。

手伝いの大沢智子も郁夫の学識に敬意を抱いていたし、絢子の気品に惹かれ、献身的に働いていた。

順風満帆とも言える郁夫の家庭に隙間風が吹きはじめた。三男が生まれてからである。

次男の恭介が智子を悩ませていた。妙な甘え方をするので困り切っていた。母親に甘えるようにして智子にまとわりつくので部屋に鍵を掛け、恭介を避けようとしたがドアの前に続く階段の上がり口に立って動こうとせず、

「俺はウルトラマンだ」

大きな声で叫ぶ恭介の声が響き、智子が怯えるようになった。

智子は郁夫の姉に打ち明けた。

〝外出した時に絢子が長男を抱き、次男の恭介が「だっこ」と泣き叫んでも振り向こうともしない、いくら長男を大切にしなさいと教わったにしても極端過ぎます〟

と由里子に話した。

「わたしもいけないのよ、長男を大事にしなさいと教えたのは私なの」

「え、由里子さんのご指導ですか」

智子が驚いて由里子の顔を窺うようにして言った。

「母親に甘えたいのにそれができず、智子さんを母親に見立てて甘えようとしたが断られた

と思い、自分の存在をアピールしようとしたのかもしれない。だけど可哀想」

由里子がため息をつきながら言った。

絢子の恭介に対する子育て方針は変わらなかった。絢子が由里子の解釈を受け入れようとしなかったのである。

智子が暇をくださいと申し出たのは三男が生まれて三月経った頃だった。忙しい時期なのに、と絢子が不安を募らせたが、智子が話した一週間後に実家に帰った。

絢子は新聞の求人広告に応募してきた子連れの女性に連絡し、住み込みを条件に雇い入れた。

聞くところによると夫の暴力から逃れ、息子と共に北海道から内地に来たのだという。母親の名は浅利《あさり》みつる、息子の名は公男《きみお》といった。住民登録は夫に知られることを恐れ、しないという。

息子は成人していて、母親を守るために行動を共にしたとも打ち明けられた。

郁夫が子連れ親子に反応しはじめたのは一年が過ぎてからだった。息子の行動にいちいち反応するようになった。親子の仲の良さに〝大きななりをして〟と郁夫が息子への批判を口にするようになった。嫌悪の感情をあからさまに表す郁夫を見て危機感を抱き、絢子が浅利みつるに、息子をアパートに住まわせたらどうかと婉曲に勧めた。それを親子が受け入れ、外に住むようになり、二年足らずだったが浅利親子の同居はなくなった。

郁夫の表情が明るくなり、絢子は胸をなで下ろした。人手に頼ることの難しさに絢子は改めて気付かされた。郁夫の飲酒が目立つようになったのもこの頃からだった。

郁夫が生後三か月で逝った母親のことは顔も知らないし、写真はあるが実感が湧かず話すことはほとんどない。だが父親の話をしないのはどうしてなのか、絢子は不思議に思っていた。

郁夫に弟がいることは知っていた。父親は再婚したが、郁夫にとって継母にあたる充子《みつこ》とは疎遠になっていた。郁夫が避けていたのである。

郁夫の姉の由里子は実家に帰ると充子と話し合うが、深い話はしない。

由里子に聞いたかぎりでは父親の飲酒は相変わらずで、年を考えると脳卒中で倒れたりするのではないかと心配し、充子に酒をやめるように注意をして欲しいと行くたびに話しているという。絢子が郁夫の父親の飲酒にまつわる話を聞いて、郁夫の飲酒は親譲りかと思った。

だが郁夫は結婚した頃から飲酒を欠かさない。絢子が制止しないことをいいことに深酒をするのだ。ため息をつく絢子を目にして、

「〝気〟を散ずるのだよ」

と郁夫が言うのを絢子は何度も耳にしている。

だが絢子は、聞き飽きたとは言わない。

飲酒について、職場での定期健康診断の時に医師から飲酒を控えるようにと注意されてい

るが、聞く耳を持たない。

郁夫は〝気〟を散ずる、を優先している。

絢子が一度だけ、

「それはどういうこと」

と訊いたが、

「〝気〟を散ずる」

とだけ答え、それ以上は話さなかった。

地方都市の近郊に住むようになり、子供の世話に心を砕く毎日の生活に不安を覚えるようになった絢子の苦境を思いやることもなく郁夫の飲酒は改まらなかった。

絢子が飲酒を控えるように言っても、

「〝気〟を散ずる」

をオウム返しのように言う郁夫と絢子の言い争いを、幼い子供たちが固唾《かたず》をのんで聞いていた。だが絢子も郁夫も言い争いとは思っていない。子供たちの気持ちを思い遣ることがないのだ。ないというより、ゆとりがないというほうが当てはまる。このやりとりが後に深刻な事態を招くなど思ってもみなかった。子供の心が深く傷ついていたのだ。

絢子が郁夫のいう〝気〟について問い質そうとしたのは、長男が生まれ、地方都市の郊外に住むようになり、心細くなっていた頃だった。

郁夫が大きな声を出して、

「淫ら、なにが淫らだ、いい加減にしろ」

と、よく分からないことを口にしはじめてからである。子供のことで郁夫さんも思い悩んでいるのだろう、とは思った。そう思ったが、問い質そうとする間がなかった。他所の人や智子さんに聞かれたらどうしようと心配はしたが、ただ時間だけがいたずらに過ぎていた。

五　郁夫の苦悩

「〝気〟を散ずるというが、その〝気〟というのが分かりません」

絢子が畳みかけるが、

「〝気〟にもいろいろある」

と郁夫に言い返され、たちまち壁に突き当たる。絢子は郁夫の弁舌に太刀打ちできないでいた。

三十八歳のとき妻に異変が起きた。

妊娠していたのだ。一年経つのは早い。生まれてくる子供のことが気にかかり、日々が緊張を孕《はら》み、絢子は郁夫との夜の営みを避けてしまい、時間だけが経っていた。

絢子が三人目の子供の妊娠を知ったのは次男がまだ二歳になっていない時期だった。郁夫の求めに応じ身を委ねていたのは、郁夫の愛情に心が充たされていたからだ。

だが三男を産んだ後、絢子は、産科医に、避妊手術をして欲しいと頼んだ。身体がもたないと悟ったからだ。産科医が、

「御主人と話し合いましたか」

と念を押した。

「大丈夫です」

と絢子は嘘をついた。

このやりとりを聞いていた看護師が、感心したと友人にその経緯を話してしまった。友人というのは郁夫が勤めている短大の事務職員、荒木《あらき》裕子《ゆうこ》で、郁夫に好意を抱き、郁夫の私生活に関心を寄せていた。

職務上の手続きなどで荒木の手を煩わすことが多いため、日頃から郁夫は荒木に感謝していた。

郁夫が荒木から絢子が避妊手術を受けたことを聞き、絢子が愛情を拒んだ、と思い込んだ。郁夫が世にいう不倫と噂された行動に走ったのはそれから間もなくだった。相手は荒木裕子だった。

絢子が育児に追われている日曜日に郁夫は荒木裕子と近郊の行楽地に出かけ、そこにある美術館へ足を延ばした。それだけだったのだが目撃した人がいて、絢子に知られてしまった。

三男が生まれてからの郁夫の日頃の振る舞いから、もしかしたらという猜疑《さいぎ》心が絢子にな

かったわけではない。いつ言おうか、と躊躇いがちに迷いつづけていた。

この状況にあって絢子にとっては、郁夫の中で、自分が何か意味のある場所を占めていることが必要だったのだ。必要でなかったとしたら自分が透明人間になってしまい、自分の置かれている状況が誰の目にも見えなくなる、という危機感を抱いていた。

一方で、郁夫は絢子の関心事について真剣に思いを巡らすことをしていなかった。

この点については郁夫の自己愛的傾向を糺さなければならないだろう。だが郁夫はそれすらも自覚していなかった。

ところが何が幸いしたのか、この危機的状況が平穏のうちに収束していた。絢子の叡知が働いたのである。人間の心の奥行きの深さを、そしてそれに辿り着くことがいかに難しいか、絢子が識ったからである。

「郁夫さんをいくら追い詰めても解決にはならない。変化の多い人生を送るには最善などありやしない」

と絢子が思い定めたのである。

だが事はそれほど単純ではない。絢子は理由なしに郁夫を信じ込んでしまうのだ。盲目といってもよい。

この心の綾をある心理学者の、競馬の馬券を買う前よりも、買った後の方がその馬が勝つと信じ込みやすい、という研究結果を紹介していた記事を絢子は目にしていた。

「ああ、この心理、よくわかる」

絢子が嘆息し、その記事に改めて見入っていた。

譬えがよくないと絢子は歯牙にもかけまいと思った。だが、乳のみ児をかかえて後戻りできない状況に置かれている時に、思い込みに気付かずそれが強化されてしまう袋小路に絢子も例外なく嵌まってしまっていた。

こんな経緯を辿りながら絢子は心の嵐を乗り越えていた。傍からどう思われようと自分自身が背負う課題だ、と絢子は自身に言い聞かせていた。

この危険極まりない心の動きに郁夫は気付かない。鈍感もいいところだ。他人の反応に気付かないとも言える。さらに言うと、他人の気持ちを傷つけることへの共感力のなさだと言われても致し方ない。

絢子の心が安定していったのと引き換えに罪悪感に苛まれる日々が続くようになった郁夫だが、一方で宛先のない負の感情ではないかという思いも湧き上がっていた。だれにも相談することができず、その感情を自身の中で処理せざるを得なかった。罪悪感よりも孤独感に見舞われ、それが辛かった。

時が経ち、不倫という言葉だけが独り歩きをし、郁夫を苦しめた。

職場で公然と話題になり、中には郁夫に向かって、どうなっているの、と訊く者もいた。事の内容は殺傷力が高いにもかかわらず、面と向かって問い質す雰囲気が漂い、密かに心配する者もいた。

郁夫はというと、どのような場面でも返事をせず、黙って相手の顔を見ていた。まるで他人事《ひとごと》のように受け止める郁夫の人格を疑う者も出てきた。皮肉なことに郁夫の一挙手一投足が注目され、注目の的でありたいのではないかと勘繰る者もいたのである。

他人の反応に気付かない、傲慢で攻撃的、自己陶酔、注目の的でいたい、送信する機器はあるが受信する機器はない、他人の気持ちを傷つけることに鈍感、と郁夫の傾向を括る者もいたのである。糠に釘と言われても平気な顔をしているので、職場の同僚の多くは話題にすることすらしなくなった。

しかし郁夫の自尊心は削られていった。だが、だれも気付くことがなかったのである。

確かに乳のみ児を抱えていた妻が後戻りできないことは認めるが、郁夫自身は極端ではあるが妻の変化とは無縁なので別の相手に心を奪われることもあり得るのだ。

普遍的な事柄を考えずに、一概に不倫と決め付けるのもどうかと郁夫は考えていた。

郁夫の弁明はこうだ。生きとし生けるものは動植物を問わず命をつなぐことを第一義としている。建物の陰に見られる小さな葉が、どこからともなく風に運ばれた種子が芽吹いて成長したのだ。鳥が運んだのかもしれない。

動物は雌雄の生殖行為によって、植物は受粉によって命をつないでいる。人も同じだ。命をつなぐ行為は本能に基づいている。別の相手に心をうばわれるのは、命をつなぐという宿命を負わされていることと無縁ではない。それを不倫という言葉で括るのは自然の摂理にそぐわない。貧乏人の子沢山などと言うが貧しいから子を失うこともあり、生き残りをかけて命をつなごうとしているのではないか。〝まったく失敬な話だ〟と郁夫は呟いた。

郁夫の論理は単純明快である。だが万人を納得させるのは無理筋というものだ。人間の感情は複雑極まりないのだ。

郁夫には分かっていた。

不倫は人間社会の問題でもあり、個人の問題に還元されるのも避けることができないと郁夫は考えをさらに進めていた。自尊心を削るしかない。

郁夫が問い詰められても返事をしないのは郁夫なりの理由があった。

しかし事は単純ではないため郁夫の弁明を理解する者がいなくなったのも事実だ。

ふと外を見て、小鳥のつがいが交尾しているのが目に入った。

ある日小さなトンボのつがいが舞を舞い、そのうち片方が尾を水面すれすれに打ち付けていた。産卵だろうか。でもやがて水が涸れてしまう。可哀想。なんという健気な営みだろう、と郁夫は思った。

命をつないでいる営みに心惹かれ、郁夫の目から涙がこぼれ落ちた。

その時、郁夫は継母を思い出していた。

深酒をしては継母を殴り、それに耐えている伴侶を冷たい目で見つめる父。店の仕事を疎《おろそ》かにしない継母。後添えとして嫁ぎ、他界した先妻の三人の遺児を育て上げた継母。健気な継母の生き様を郁夫は思い浮かべ、生きとし生けるものすべてが命をつなぐ営みに全力を傾けているのだ、と自分に言い聞かせていた。

だが継母、充子は弟を産んだ後に産褥《さんじょく》熱で逝ってしまった。

郁夫が十三歳、中学一年の時だった。

父の酒癖はやまず、長姉由美子《ゆみこ》を殴るようになっていた。健気にも父に向かって、逆らうようなことを口にしていた。

長姉、由美子が結婚し、子を産んだ後に自死を遂げていた。

次姉、由里子の子で甥にあたる幸平《こうへい》が自死を遂げていた。まだ高校生になったばかりだった。郁夫が大学院博士課程三年の時である。

郁夫の父は世間受けがよく、郁夫の高校卒業式に臨み、父兄代表で答辞を読んだことを郁夫は世を謀《たばか》るのもいい加減にしろと呟き、複雑な思いで聞き入ったことを思い出していた。

郁夫の父への評価と世間が受け止める父への評価との乖離《かいり》に郁夫自身が首をかしげていたことに、父は気付かなかった。不幸な長姉、由美子のことを時々思い出しては郁夫の中で命をつなぐという言葉が膨れ上がっていった。

郁夫は気分が滅入ったとき、一時間ほど散歩をする。職場の外にも世界があることに郁夫は今更ながら気付いたのである。郁夫の頭の中で訳ありの観念の奔逸《ほんいつ》が迸《ほとばし》った。

〝だいたい種族保存本能というじゃないか〟

結婚を望まない女性が多いという話を耳にしている。確かに子供を産んだら制約がある。外的要因というのだそうだ。制約がなくなれば夫になど目もくれなくなる。好ましい男性がいればその人の子供を産むことさえ望むという。こうなると男性も女性も本能という点では同じだ。婚姻制度そのものが種族保存本能にそぐわない。

しかし、郁夫の弁明に耳を貸す者はいない。夢をいだいて結婚した人にはとんでもない話なのだ。〝夢を壊してはいけない〟

郁夫は立ち止まった。

〝だが待てよ、誰かに評価されるというのは、考えようによってはその人の想像力の範囲内に体よく収められることであって、極端なことを言えば御しやすい存在になることで我慢がならない。そんな人の想像力を超えて生きなければ〟

と、郁夫の思考はとどまることを知らないかのように膨らんでいく。

だが郁夫の虚妄じみた弁明はここで止まった。

観念の迸りが支離滅裂になっていくのがお決まりだからだ。それは今に始まったことではない。郁夫のあやふやな言動を絢子は何度も耳にしていたのだ。

「金瓶梅」という文字が知らず知らずのうちに頭をよぎり〝気〟が入ってきて身体が動かなくなってどうしようもない。

郁夫はこの状態に陥ると〝気〟を散ずる、という言葉を口にし、決まって酒を飲み出すのだ。時には、表情がまるで変わってしまっていることもある。

深酒をしたときにはそれをだれが聞いてもどうしたんだろうと思うほどで、人様には聞かせたくないと、そのつど絢子は心を痛めていたのである。

郁夫の深酒への傾倒は事務職員、荒木裕子から絢子が避妊手術を受けたということを聞かされてからである。荒木がどういう意図で話したかは郁夫もあえて聞こうともしなかった。命をつなぐ営みを拒絶され、自分の存在価値がなくなったと思い込んだ郁夫の頑なさが郁夫を孤独地獄へと追い込んでいった。絢子の子育てをめぐる先々への不安に思いを寄せることもなく一方的に拒まれたと思い込んだのは、拒まれた存在として己を位置づけた郁夫の側の受け止め方の問題であることに郁夫は気付いていない。

産みの母の顔をも知らない、継母も中学一年のときに他界している。父は深酒をすると暴力を振るう。郁夫にとって安心して己のすべてを託す相手がいない境遇にあって、控えめに振る舞うことしか方法がなかったと言えなくもない。

六　郁夫のアルコールとの闘い

絢子は郁夫が求めた住まいに当初から不安を抱いていた。県庁所在地から支線の二駅で下り、歩いて十五分で着くが周りに空き地が多く、世帯数が少ない。閑散としていて、学究者の郁夫さんにとってはいい環境だが子育てには向いていない。知り合いがいないことは絢子にとって切実な課題だった。

多くの人に助けられながら三男も中学を終えるまでになった。

しかし子供にとっては危ない、信号が整備されているところがいい、と絢子が何度も言ったが、自分の頭で考える、問題解決の方法を体得できる、子供にとっても我々夫婦にとっても危機管理の上で鍛えられる、と郁夫が持論を言い張って十七年を過ごしてきた。

郁夫の好む言葉は、自助、共助、公助、絆である。対して絢子は、まず公助では、と言い返すが、郁夫が言う自助での様々な経験が自立する上で役に立つと考え、矛を収めてしまう。

次男の恭介が郁夫の母校である大学に合格したときは、地方高校の合格者が数少ない首都圏にある一流大学合格と地方紙でもてはやされ、絢子も母親として恭介の合格を誇りに思っていた。

だが、郁夫の深酒はやまなかった。

郁夫が深酒すると決まって「淫ら、なにが淫らだ」と、訳の分からないことを口走り、絢子は恐怖に襲われることが度々であった。酒乱でもない。暴力を振るうことはないが前後不覚に陥ることがしばしばだった。普段はと言うと口滑らかで、言い負かされる。

学がある。絢子は郁夫の学識には敬意を抱いていた。郁夫の見事な書体に絢子は感服していたのだ。だが深酒だけは絢子も釈然としない思いを抱き、その打開策を考え巡らしていた。

ある日、絢子が郁夫に話しかけた。

「郁夫さん、お酒、なんとかなりませんか」

「ううん」

郁夫がそう言うなり黙ってしまった。

「お酒は身体によくないでしょう」

「そうだが」

と言うなり黙りこくってしまう郁夫は、絢子に話すことなく通っている断酒会のことを思い浮かべていた。

「お前らは、な、落伍者だ、いい年をして自制心がなさ過ぎる」

断酒会の支部長が大きな声で言った。

断酒会に出席した最初の光景を郁夫は身震いしながら思い出していた。

「ここは、な、学歴も社会的地位も関係ないただの落ちこぼれの集まりだ」

支部長の声が時々聞こえてくる、空耳に気付いて恥ずかしさで身も細る思いがして、絢子に打ち明けずにいた。

大学院に在籍していた頃に岡崎の病院を訪ねたとき飲酒の話をしたら驚かれ「ほどほどに」と言われたことを思い出した。

高校生相手に屈原の講義をした時に「金瓶梅」を引き合いに出し、それが騒動の元になり、パージの憂き目に遭い、負の烙印というスティグマを背負うことになった経緯を絢子にも詳しく話していなかった。

高校への出入りを禁止され、それがきっかけになり心の憂さを晴らそうとし、酒を飲みはじめたことを郁夫は改めて思い起こしていた。岡崎は遠慮がちに「ほどほどに」と言っていたがその頃には酎ハイを二本飲み絢子を困らせていたのを岡崎が郁夫を気遣い、遠回しに忠告した。

矜持《きょうじ》すら保つことも覚束ない状況に追いやられた郁夫を思い遣ってのやさしさが徒になったことは否定できない。

気遣いが過ぎると言葉数が少なくなるというが、岡崎の「看護師さんのように接してください」とか「ほどほどに」は、当事者である郁夫には理解できたかもしれないが絢子には理解できなかったのだ。

絢子が「騙された」と岡崎に抗議したのは間違っていない。間違いを指摘するとすれば岡崎のないものねだりというべきだろう。

郁夫が密かに断酒会に通い出したのは長年の宿痾《しゅくあ》とも言うべき〝気〟に襲われて自分を見失う恐怖がいまだに消え去らないからだった。この恐怖を岡崎は知っていたが絢子は知らない。

郁夫は何度か断酒会に通い続けた。

困っている人達の話を聞くのが断酒会の主な目的であり、郁夫も何回か話を聞くことができた。

参加した人の妻が、

「夫に死んで欲しくて枕元に包丁を置いたこともあります」

と話したとき、それを聞いた郁夫が絢子の心境を思い遣るどころか、まさか、という身勝手な考えが浮かび、絢子に限って、と恐怖心を鎮めていた。最初は憂さを晴らすために酒を飲んだが、飲み続けているうちに目的がずれてしまい、憂さを晴らすのではなく飲み続けなければもたない状態になっていた。初めの頃は躊躇いや葛藤があったが、今では〝気〟による苦痛をやわらげることを優先し、絢子の気苦労などを顧みる余裕はなかった。あの〝気〟であり、負の烙印を押されたことによって醸成されたルサンチマンが郁夫を支えていた。

「淫ら、なにが淫らだ」

郁夫の怒鳴る声が絢子の耳に入り、嫌悪感が募るのを抑えることができなかった。

郁夫は断酒会に通い続けた。酒を断つことを懸命に試みている人たちの話を聞くのが役に立つ、と考えるようになっていたのだ。

最初は憂さ晴らしのためだったのが、大学から駅までの道すがら居酒屋の暖簾を見るとそれが刺激になって飲酒に走るようになった。道を変えても必ず居酒屋の風景が目に入る。

このことを断酒会で話したら最初の動機を医師と話し合い、治療に結び付けなければいけない、と支部長に言われた。

郁夫は断酒会の限界を知った。辛さを抱える者同士の語り合いが個々人にとってたがいを乗り越えるような契機になればという願いは叶えられない、と思ったからだ。家族のようなつながりを求めても得られないと郁夫は思った。

郁夫にとって自分の中で父の影が自分を否定していることが課題なのに、心を打ち明ける家族のような場を断酒会に望むことは無理だと悟った。

幼いときに見た父の暴力行為は、郁夫にとっていつ自分に降りかかるか分からない体験だった。医師でも解決できない個人的体験であったので岡崎にも話さなかった。話しても個人の問題と片付けられるようで、あえて話さなかったのだ。

人の中で生きていければいいのだろうが、自分の中で生きていくしかない絶望にとらわれていた郁夫は自分を消すしかないと思うようになった。

家に帰る途中で、公園に生えている松の木にネクタイをかけ、首を吊ろうとした、と断酒会で話したら、支部長が郁夫の八歳上の姉に電話をして事の経緯を話した。姉が駆け付け、喫茶店に呼び出され、説教された。家で話さなかったのは絢子さんには言えることではないからだ、というのが姉、由里子の言い分だった。

断酒会で夫の枕元に包丁を置いて死んでくれと言ったという話を思い出し、その話を姉にしたら、皆それぞれ違うのに一緒くたにしてはだめだと言い聞かされた。

父の暴力、長姉の自死、次姉の子である甥の自死を顧み、郁夫にとって望ましい家族像など描く術がなかった。

大学病院に入院したとき献身的に世話をしてくれた付き添い看護助手や看護師を思い出し、あのような人と結ばれたならば、と郁夫なりに勝手に家族像を描いていた。入院という特殊な環境での体験を拡大し普遍的なこととして思い描く郁夫は、虚妄に気付き、ふと我に返り、また絶望感に見舞われていた。

断酒会に参加する人の中には女性もいて、子育てに苦労しているが夫が自分で何とかしろと言うばかりでろくに話も聞いてくれないので自販機でビールを買って飲み、何とかなりそうだという気分になり、それがきっかけでやめられなくなった、という話を聞いて、郁夫は自分とは動機が違うと思った。

一流会社に勤めている人が、断酒会で自分が撮った写真を見せ、いいねと言われると心が安らぐ、それがたまらなくいい気分になるので断酒会の仲間に会いに来るが、酒はやめられず何度も入院している、という話も郁夫に違和感を抱かせた。

支部長は断酒に成功したと言うが、肝硬変を患い、余命が幾ばくもないと聞いて、病と引き換えに酒を断つきっかけになっただけのことで賞賛に値するとは思えなかった。

断酒会に行く度にメンバーの誰かが亡くなったと聞かされて希望などもてる筈もないと郁夫は恐怖すら覚えていた。

断酒会に二年ほど通ったある日、著名人の話が聞けるというので参加した。

「私はアルコール依存症の権威だと言われていますが、私は皆様方に場所を提供しているだけで、克服するのは皆様の力によると考えています」

と言っているのを聞いて、場所の提供は公助で、克服するのは自助かと郁夫は訝った。著名人で著書も多く、妻がフランス人と聞いて、本当に分かっているのかと疑問に思い、それがきっかけで断酒会へ参加する意欲が萎えていった。

郁夫の飲酒の動機は〝気〟に襲われ、続いて身体がムズムズしてくることだった。

大学で講義もするし、何の問題もない知識人として傍目には映っていた郁夫だが、何もかもかなぐり捨ててしまいたいという思いに駆られることが屢々《しばしば》だった。

酒を飲み、なにが淫らだ、と大声を出している時は身体の違和感も消え、俺はまっとうな人間だ、と自分に言い聞かせ、一時の安心感を得る。これが郁夫の飲酒に走る動機であった。パージだ、郁夫は心の中で叫び、あの忌まわしい出来事がなければ助教授になれた、と自分を慰める。他人には推し量り得ない体験を消し去ることもできないし、ましてや身体の不具合はなんともしがたい。郁夫は生きることの難しさをそのつど思い知らせるあの出来事を己に背負わされた烙印と定め、それを振り払うためにも飲酒が必要だった。

深い傷を負っている郁夫にはこれまでの人生を都合のいいようにまとめることなどできなかった。父親に否定され、内藤教授に負の烙印を押されてスティグマを抱え、いったいどうして自分を肯定できるのだろう。〝気〟の侵入、身体のムズムズ、などあり得ないことだと思い知らされて以来、病というお墨付きは問題をただ外在化する安易な手立てのように思え、自分を一層否定的に捉えてしまうのだった。

断酒会では救われない。住む世界が違う、そう思い悩み、岡崎にも相談し、郁夫は世界救世教に救いを求めた。

七　郁夫の世界救世教との関わり

藤縄郁夫にとって地方都市での勤めは苦痛だった。

図書館の蔵書が母校と比べて貧弱で、何事も究めずにはおれない郁夫にとって文献探しに苦労していた。地方の短大の教授として終わることに満たされない思いを抱き続けていたのである。なによりも郁夫を苦しめていたのは、淫らな教師という不名誉な言い方をされて母校の大学が提携する教育機関の職に就くことが難しくなったことであった。性暴力という言葉まで言い伝えられていたのである。

押された不名誉な烙印が何の前触れもなく蘇り、その瞬間に〝気〟が身体に入る、というのがいっこうに収まらず、郁夫を苦しめていた。根津神社から五百キロメートルも離れている地方に移り住んでから郁夫の分身であった「金瓶梅」の主人公である西門慶は消え、「淫らな教師」という烙印がいつしか心の傷になっていた。人間社会が作り出すトラウマはそれを口にすることさえ人は憚る。口にすることさえ憚るというのはそれに侵された人にしか分からない。人間社会が醸し出す恐ろしさでもある。郁夫はそれに苦しめられていた。岡崎はフラッシュバックと教えていた。

郁夫は、岡崎に手紙を出し、助言を仰いでいた。

世界救世教に救いを求め、小田原に出かけたのは移住して七年目の頃であった。

暗い夜道をタクシーに乗り、熱海の教導所に行った。事務職員である荒木裕子が同行していた。一時期、メシア教と呼ばれたことがある世界救世教の信者だったのである。

荒木が父をないがしろにする母への不信感を抱いていることは漏れ聞いていたが、信者だとは知らなかった。

荒木は郁夫が悩んでいることを知り、世界救世教に導こうとしたのだ。

静岡の熱海までは遠かった。二人が乗ったのは新幹線で、出発駅はそのころ東北新幹線の終着駅で、物珍しかった。しかし郁夫はそのようなことには関心を示さなかった。

世界救世教について、荒木裕子が次のように説明してくれた。

岡田《おかだ》茂吉《もきち》が昭和十年に創始した新宗教である。大本《おおもと》教の信者であったが脱退し、その後に、大日本観音会を創立して病気治療を中心とした活動を始めた。

何度か名称変更を経て、現在の世界救世教になった。

病や貧困そして争いのない地上天国を築くことを使命とし、そのモデルとして熱海に瑞雲郷、箱根に神仙郷を建設した。

第二次大戦後、一時メシア教と呼ばれたことがある。

岡田茂吉は、青年期に肺結核を患ったが菜食療法で克服し、民間療法による病気治療に努めた。

教義は、宇宙の主神を大光明真神となし、岡田の手の平から放射する観音力で浄霊が行われ万病が治る、というものである。

ここまで説明し、「あとは浄霊を受けながら会得することね」と荒木が締め括った。

熱心に耳を傾けていた郁夫が「受けます」と応じ、荒木の後について行った。

荒木によると、郁夫を襲うトラウマがもたらす気は悪霊であり、その気を浄霊によって浄めることが救いになるということだった。

教導所は本部から離れたところにあった。

先生と呼ばれる女性が出てきて、いろいろなことを訊かれた。

荒木が側にいたが気にとめず、郁夫は、ありのままに正直に答えていた。

郁夫は岡崎が勤める病院に初めて訪れたときになされた問診のことを思い出し、一瞬、身構えた。しかし心なしか緊張感がすぐほどけていた郁夫は手応えを感じ取り、質問につぎつぎと答えていた。

「お父さんはどんなお仕事をしておられましたか」

と訊かれとき、郁夫がどう答えていいか戸惑い、しばし押し黙っていた。

「なにか悩み事と関係がありますか」

先生と呼ばれる女性が問いかけた。

「ええ、でも父を批判することになりますので」

郁夫が憚るように言った。すると、

「ありのままに」

と先生が促し、郁夫が、

「実は父は酒癖がひどくて」

と核心に触れた。先生は落ち着き払って、

「辛いことがあったのですか」

と訊き、郁夫が苦しい表情をして、

「実の母が私を産んで三か月で亡くなりました。父は実母の妹を後添えに迎えましたが、その人に暴力を振るい怖い思いをしました」

と語りはじめた。

岡崎も聞いていないと思われる話を耳にして、傍らで紹介者として陪席していた荒木が驚いて郁夫の方に顔を向けた。

だが先生がその動揺を抑えるようにして、

「お父様のお仕事は」

と訊いてきた。

「仏具店ですが父は入り婿で、祖父と折り合いが悪く、戦時中に家出同然に中国へ行き、そこで憲兵隊の軍属として働き、戦後に復員しています」

と、話しづらそうに答えた。先生は深く訊き出そうとはせず、

「事情がおありのようですね」

と、受け止めた。

「そうですね」

「宗教は」

「仏教です。曹洞宗です」

こんなやりとりがつづいた。

「浄霊を行いましょう」

先生が唐突に言い、郁夫が驚いて、

「え」

と短い言葉を口にした。

「あなたの病やあらゆる悩み、苦しみから解放されるのです」

という先生の言葉を補うかのように、郁夫が、

「〝気〟が身体に入り動けなくなるのです。地方に住むようになり〝気〟が漂ってくること
はなくなりました。淫らな教員、という烙印を押され、それが何の前触れもなく蘇ってきて
身体まで動かなくなるのです。医者はフラッシュバックと言っています」

と岡崎の説明を思い出し、それを伝えた。先生はそれを聞くと、

「魂の清濁によって運命が左右されるのです。貴方様の気は悪霊ですので浄霊によって魂を
浄めるのです」

とすぐさま言った。

郁夫は岡田茂吉教祖が肺結核を菜食主義で克服したという話を思い出し、

「お願いします」

と答えた。

それから間もなく、先生と呼ばれている男性が目の前に出てきて、右腕を突き出し、手の
平をかざしはじめた。

郁夫は憑依《ひょうい》状態に陥り、そばにいた荒木が思わず身体を支えていた。我に返った郁夫が、

「トラウマが蘇り、体が動かなくなったのです」

と言い、額の汗を拭った。

「浄霊で魂が浄められました」

と、先生と呼ばれる人が言い、にこやかに笑みを浮かべながら静かに去っていった。

郁夫は若い頃に受けたインシュリンショック療法を思い出し、浄霊の効用に改めて気付いた。

「あれは身体に加える暴力だ。岡崎先生だから受けた」

と、口走った。

荒木が、

「どうしたの」

と訊き質したが、

「いや、ある事を思い出しただけ」

と何事もなかったかのように振る舞った。

郁夫は、荒木が友人と話し合いがあるためここに残るというので、一人で帰路についた。

夜も更けていたが、岡崎に会おう、と郁夫が思いつき、電話をした。公衆電話からである。

幸い繋がった。

「どうした」

と岡崎が快く応じた。

「話がしたくて」

「もう遅いよ」

「熱海からかけている」

「今日は土曜日だから、明日はどう」

「明日、病院へ行く」

「そう、外来の診察室で待っている」

翌日の午前十時に郁夫と岡崎が久しぶりに病院で会った。

「遠くから来たの」

「そう」

「なにか大事なこと」

「実は、世界救世教の教導所へ行った」

「メシア教」

「今はそう呼ばない」

「それで」

「そこで御浄霊を受けた」

郁夫が浄霊を御浄霊といい、その効用を岡崎に話しつづけた。

「片手の平を額の前にかざすのさ」

「それで」

と、岡崎が訊き出すと、

「前にも言った〝気〟が入り身体が動かなくなる状態が、今は淫らな教師という烙印を押され大学から追い出されたことが心の傷になってそのトラウマが甦り、身体がこわばる。それが、浄霊を受けると浄められる」

と、郁夫がこれまでとは違う話をした。話を聴いた岡崎が、

「なに、なに」

と驚きながら問いかけた。

「信じられないだろうが、私にとってインシュリンショック療法よりいいと思った」

と郁夫が言い、

「辛い思いをさせた、すまない」

岡崎が謝った。

「でも日常生活はでき、妻ともうまくいっている」

郁夫が岡崎をなだめ、

「この御浄霊を受けつづけるがいいか」

「郁夫さんがいいのならつづけたら」

と岡崎が応じた。

「岡田茂吉教祖が肺結核を患っていたが菜食主義で克服したと教えられた。それを聞いて、『土に叫ぶ』を著わした松田《まつだ》甚次郎《じんじろう》のことを思った。彼は宮沢賢治に一度会っただけなのに感服し、地主であるにもかかわらず自分で田畑を耕し、無農薬農法に徹したという。岡田茂

吉教祖も農薬や肥料を一切使わない自然農法を説いたと言われ、松田との共通点を見出した。

「啓示を受けたという点で二人は似ている」

郁夫の説明を岡崎は黙って聞いていた。

「啓示」

岡崎が、ふと口にした。

「啓示というと妙だと思うか」

と、郁夫が詰め寄った。

「いや、そうは思わないが想像力と共感力が要るのでは」

と岡崎が言うと、

「そうそう、やはり岡崎先生だ」

と、郁夫が言い、笑みを浮かべた。

「先生はよせよ」

と、岡崎が恥ずかしそうに言った。

「いいんだ。私にとって恩人なのだから」

と、郁夫が改めて言い添えた。それに対して岡崎が、

「いや、私は究めようと努めただけ」

と、持論を口にした。

「いいね、いいことというね。決まり、これからつづけますよ」

と言い、郁夫は帰っていった。

その後の手紙で、通いが大変なので、勤め先に近い教導所で浄霊を受けている、と郁夫が岡崎に知らせてきた。

しばらくして、菜食主義に徹した郁夫から岡崎のもとに手紙を添えて、マンゴーが送られてきた。手紙には、

仏教聖典である仏典には、マンゴーがよく登場し、聖なる樹とされている。ビタミン類をはじめ電解質もふくめて豊富な栄養素に富み、病にも効果がある。


とも書き記されていた。

郁夫の食生活は徹底していて、肉類はいっさい摂らなかった。

岡崎は己の至らなさを恥じ入ると共に郁夫の無事を祈る日々を送るようになっていった。

郁夫は季節の変わり目に必ず何かを送ってきた。

それらの中で、黄精飴《おうせいあめ》は伝統の菓子としてご当地に広く親しまれているということで、郁夫は感謝の念を込め、お礼の手紙を書いていた。手紙には、

薬名を「王竹」「姜蛇」などとも呼ばれる漢方薬「黄精」はユリ科のアマドコロの地下茎から取り出した煎汁で、胃腸や心肺によいと言われている。この煎汁を砂糖、飴、餅粉に混ぜて作り上げたお菓子が黄精飴ということです。

と、書かれていた。

郁夫の筆まめには岡崎も脱帽していたが、懸念も少なからずあった。菜食主義で体力が低下するのではないかと懼《おそ》れたのである。

八　郁夫の子との葛藤

数年が経ったある日、郁夫から岡崎の自宅に電話があった。

次男、恭介が学生寮に引きこもって、出てこないという。

郁夫が学生時代に住んだことがある寮であった。

恭介が地方の高校から首都圏の一流といわれる国立大学に合格したことを郁夫はすでに岡崎に手紙で伝えていた。郁夫が学んだ大学で、同窓に当たるので喜んでいるとも書き添えていた。

郁夫は住んだことがあるので、寮の構造は記憶していたが学生の自治権に阻まれて入ることができなかった。

郁夫は絢子と一緒に心配しながら寮の前に立っていた。

「私が住んでいた頃はまだこれほど荒れていなかった」と郁夫が言うと、

「そうね、学祭で見学に来たときはきれいだったのに」

と、絢子が出会いの頃を思い出し感慨に耽っていた。

蔦が伸び放題に伸びて絡まり、入り口も見分けがつかないほどだった。

「学生の自治には限界があるのだろう」

と、郁夫が心配しながら言った。

「建て替えがあると聞いていたけど」

と、絢子が言い添えた。

「そう、新聞で読んでいる」

「でも心配だわ」

郁夫と絢子との会話がつづいていたが、

「そうだ、岡崎先生に相談しよう」

と、郁夫が言い、電話をかけた。

「どうしたらいい」

と岡崎に助言を求めたら、

「加減でもよくないのか」

と岡崎が問いかけると郁夫が、

「どうも落ち込んでいたらしいんだが、寮を運営している学生ももてあましているようだ」

と郁夫が答えた。

「よほどのことでないかぎり無理せず、出てくるのを待った方がいい」

と岡崎は郁夫に自制を求めた。ところが、

「それでは無責任ではないか」

と、郁夫が異を唱えたが、

「引きこもるにはそれなりの理由がある。それは本人にも分からないことがある。誰にでも言えることだが、悩みって、まず自分が具体的に何に悩んでいるか、知ることが難しい。でも時間が経つと、誰かに相談しようと思ったときにその悩みを聴いてくれる人がいると気付いたら必ず頼ってきますよ」

と、岡崎が医師としての経験から言った。

「そんなもんか」

と郁夫が半ば呆れ返ったように言った。

「そうだ。そういう時に何をやっているのか、などと言ってはいけないよ。そうかそういうことか、辛かったね、苦しかっただろう、と言い、受け止めてくれ」

と、医者らしく助言をした。

「そうする」

「わかりましたか」

と岡崎が念を押すと、

「助言をありがとう」

と郁夫が言い、岡崎の提案を受け入れた。

それからまもなく恭介が寮から出てきた、と岡崎に郁夫から電話で知らせてきた。そのときに、

「知っている医療機関に受診した方がよいと思うが、紹介してくれないか」

と郁夫が意外にも岡崎に申し出た。岡崎がすぐさま、

「一年下の医師が病院に勤めているので紹介しよう」

と言い、

「紹介状は」

と郁夫が確かめると、

「親しい医師なので電話をしておく」

と岡崎が応じ、紹介したのは郁夫がかつて通った病院の医師だった。中山千秋《なかやまちあき》という、臨床一途に患者に寄り添うことで定評のある医師で、岡崎とも親しくしていた。

岡崎が中山に電話をしたら、郁夫は当初に数回来院しただけで、そのあとはご無沙汰ですよ、ということだった。しかし、教授として過不足なしに勤めているし精神病というほどの状態でもないので様子を見ていた、とも教えてくれた。

「実は、郁夫さんの息子の様子がおもわしくないので診てくれないか」

と、岡崎が中山千秋医師に頼んだら、

「ああ、いいよ、来るように勧めてくれ」

と、中山が快く引き受けてくれた。

郁夫の息子は入院が必要だ、と岡崎が考えたのである。

岡崎はすべてを中山千秋に託した。

二か月後に恭介が退院してきたが、時々大きな声で幾度か父親に殴りかかろうとした。郁夫はありのままに受け入れようとした。そういうときに妻の絢子が郁夫の前に立ちはだかり、

「なにするの」

と声を張り上げ、それを阻むと、恭介は絢子の気迫にたじろぎ、自分の部屋に戻っていった。

郁夫も絢子の果敢な行動に驚いていた。

恭介の攻撃的な行動に郁夫が振り回され、眠れない日が続いた。中山医師は、

「そのうち収まります。待ってあげてください」

と言うだけだった。

郁夫が岡崎に恭介のことを、

「なんで大きな声で怒鳴るかわからない」

と、電話で相談したら岡崎が専門家の口調で話しはじめた。

「お互い様だけど。人《ひと》って、なんかして欲しいとか、逆にして欲しくないとか、を相手に言おうとするとどう言ったらいいのかわからず、言葉も浮かばないので大声でわめく。子供が親に向かってなんか言っているが、親がわからず困ってしまうよね。それを思い出して」

と、岡崎が話したら、

「そういうときに鎮まるのを待っていた」

と、郁夫が応えた。

すると、

「そう、その間合いを思い出して、手荒なことはしないように」

と、岡崎は郁夫に言い含めた。

「そうします」

と郁夫は答え、絢子にも伝えた。

と、絢子が応え、

「辛抱ね」

「受け容れるということね」

と、絢子が付け加えた。

郁夫の飲酒は収まらなかった。断酒会に通うのはとうにやめていた。体験談を語る仲間とも表面的な付き合いでしかなかった。

立ち会いと称する医師がその道の権威と聞いていた。その医師は、

「私は、皆さんがこうしてお会いする場所を提供しているだけです。あれこれ言うことはしません。皆さんがお気付きになるのをお待ちしています。ただ断酒会の仲間との深い付き合いをお勧めいたしません。孤立しているため影響されやすいからです」

と、述べていたこともその理由だった。

心の安住が得られるはずもなく、自分の体験を話しても誰も聞いてくれないだろうと郁夫は思い、孤立感を味わうだけで、意味がないと決めてしまい、遠のいていた。

郁夫の望みは、心の安らぎを覚える場が得られればという、ごく控えめなことだった。郁夫にとって必要なのは、居場所と絆である。

しかしこの願いは叶えられていない。

岡崎もこのことを見抜いていた。世界救世教・真光に救いを求めている郁夫の苦境をただ見守るしかないことに岡崎も心を痛めていたのである。

教主の手の平が目の前に迫ると意識が遠のき至福の境地に至る。この瞬時が郁夫の心に安らぎを与えていた。

郁夫が浄霊を受け、自分の心の中に張り付いている淫らな教師という負の烙印と、それに

よって齎《もたら》されたトラウマと距離を取り、心を整えることができる、と岡崎は考えていた。

郁夫にとって、大学院にいるときに非常勤で勤めていた高校で屈原の講義をしていた際に、「金瓶梅」の西門慶が語る性の技巧の記憶が蘇り、それを口にしたことで生徒が騒ぎ、淫らな教師という烙印を押され、母校と提携している教育機関への出入りを禁止されたことが心の傷になっていたのである。

「金瓶梅」について話したことは間違っていない。場所と相手を間違えたのだ、と郁夫は考えていた。問題は淫らな教師という烙印を押され、大学の提携先の非常勤講師を断られたことで、自尊心が傷ついたことだ。専門的には心的外傷とか複雑性PTSDと岡崎に教えられていた。

郁夫がいう、漂う〝気〟が入ると、身体がこわばり、自分の意志とは関係がなく、身体が動かなくなるという状態は制止症状とも言われるが、自尊心が傷つけられたことが大きな要因にもなっている、と岡崎は考えていた。

心の中に入る〝気〟は郁夫にとっては悪い運気だった。

内藤教授が天を仰ぐようにして、

「高校での勤めはもうできないよ」

と言い、押し黙ったとき、見捨てられたように思ったからだった。

結婚式には仲人として出てくれたが、それだけのことだった。

郁夫の心の傷を理解していた岡崎を頼った郁夫の選択は誤っていなかった。

浄霊の効用を認めていた岡崎は、それが郁夫にとってレジリエンスつまり回復力になればと願っていた。

浄霊を受けることで郁夫にとっての悪い運気が離れればいい、と岡崎は思っていた。

この作用を「空間づくり」と言って精神科医の間ではよく知られていることも手伝っている。

岡崎は世界救世教への世評を気にしていない点で、数少ない医師でもあった。

何事にも意義がある、というのが岡崎の信条である。

信じる、という郁夫の言葉に岡崎は重きを置いていたのだ。

郁夫の岡崎に対する信頼感は揺るぎなかった。

だが、郁夫にとって恭介の心の不安定は想定外だった。恭介に足蹴にされたとき、なすすべもなかった郁夫を守ったのが妻、絢子であったことも自負心を揺るがしていた。

郁夫の深酒は進んでいた。手紙ではあるが郁夫の、〝気〟を散ずる、という大義名分に岡崎は懸念を抱いていた。

次男恭介の症状はいっこうに改善の兆しを見せなかったのである。

郁夫の影響か、悪い想像だが遺伝か、とも岡崎は考えたりした。

一年ほどして、恭介がグループホームに入ることになった、と郁夫が岡崎に電話で知らせてきた。

「社会復帰の準備だよ、いいね」

と岡崎が郁夫の苦労を労った。

数年を経て、最悪の事態が起きかけていたのは還暦を迎えて祝いの言葉をかけられてからだった。

大便の失禁である。

「ああ、臭い、どうにもならないの」

と妻の絢子が言いながらも下着を洗ってくれた。

大便はトイレではそれほどでもないが、居間の中では不思議とその臭いは強烈であり、絢子も初めて経験したのである。子供のおむつを代えた時の臭いとは違うことが絢子にも分かった。

還暦を迎える前から郁夫は暴力こそ振るわないものの勤めの帰りに居酒屋に寄り、深酒をし、家に辿り着いた頃には立てないほどになることが度々あった。

尿を失禁することもあり、絢子は子供の手前もあって慌てて下の世話をした。

高校の教師が酒に酔い駅員を殴ったことが新聞で報道されて以来、絢子が酒をやめるようにと口うるさく言うようになった。高校に通う三男の哲夫《てつお》が迎えに行かなければならないこともあった。長男、眞浩《まさひろ》はすでに大学に進学し、家を出ていた。

次男の恭介がやむなく帰省してから郁夫の酒量が多くなっていた。まだ還暦を迎えたばかりなのに、と絢子のぼやきが増えていった。

家族を巻き込むという点ではアルコール嗜癖と言える状態になっていった。

「〝気〟を散ずる」

が郁夫の口癖で、それが飲酒の大義名分になってから久しい。絢子の嘆きは深まっていた。

「お父さんの〝気〟はもう聞き飽きた」

と絢子が言うと、

「悪い運気が俺を蝕んでいる」

「教主さまの浄霊でその悪い運気が去っていったのでは」

「いや、もう救われない」

「え、どうしたらいいの」

「僕も分からない。苦しい」

と、郁夫が言い、そのまま横になって動かなくなった。

「哲夫、手伝って」

と絢子が三男に呼びかけ、玄関から寝室に運んだ時にはこの世の終わりとさえ思った。

郁夫は酒を飲んでいるとき、今、その瞬間の嫌なことを忘れるために飲んでいた。飲むことで〝気〟を散ずることはできたが、そんな先のことを想像しなかった。

断酒会を自助会と称しているが断酒を続けている人は二割程度だと郁夫は聞かされていた。世間では断酒会の評価は高いが、通い続けている人々は今日一日を崖っぷちを伝い歩いているのだ、と郁夫は思っていた。

「断酒会に通っている人の苦衷を司会をしている医者はほんとうに分かっているのだろうか。寄り添うなどとはほど遠い」

と、郁夫は苦々しい口調で絢子に話したことがある。

「だいたい、アル中などという人を見下したような言葉がある。確かに身体や心を蝕む。しかし酒に入り浸る過程には悲しみや恨みといった背景がある。その苦痛の背景を理解しようとする姿勢が伝わらないのだ。医者はその道の権威だが文筆家で名もある。どうもついていけない」

と、かなり前の著名人の話を持ち出し、郁夫の口から嘆きが漏れ伝わる。

郁夫の飲酒の有様は絢子によって手紙で岡崎に伝わっていた。その手紙には郁夫の心の奥には触れていなかったし、触れようがなかったのだ。

岡崎は手紙をその都度読んでいたが、返事を出すのを躊躇っていた。

岡崎は自身の父のことを思い出してはため息をついていた。酒を飲みはじめるとおおよそ一週間は続く。仕事はするのだが、後始末は母に任せて居酒屋に足を運び、店から迎えに来てくださいと連絡が入る。この繰り返しが何年も続いた。

岡崎の父は母が病没してから勢いがなくなり、最後は特養ホームで眠りについた。母が病没したときに岡崎が帰省し、父の代わりに喪主を務めた。父が男泣きに泣いて、葬儀に出られず、家にこもっていたことを岡崎は思い出していた。

父は母を打擲《ちょうちゃく》したりしていたが、失うことの大きさを身をもって知ったのだろうと岡崎は推し量った。

当時の情景が目に浮かび、奇妙な感覚に襲われ、郁夫の生育環境に似通っていることを思い、奇遇だと、岡崎は嘆息した。

郁夫は生後三か月で母親が逝ったため顔を知らない。父親が再婚したが継母になじまない郁夫を疎ましく思い、他所に養子にでもいくか、などと言ったりした。郁夫は、酒の勢いで後添いを殴ったりする父を幾度か目にし、どうすることもできず、固唾をのんで見つめていたことを未だに記憶していた。どうにもならない自分に無力感を覚えるようになり、遠慮がちで、気を遣うようになったのは、遡るとこの頃からであった。臆病だ、とも言われた。

郁夫に思いがけずに起こる不安感の成因を目の前で起きた父の継母に対する殴打という出来事に求めることができる。それが〝気〟にもつながり、トラウマにもつながる。またいわゆる面前ＤＶの後遺症とも言える、と岡崎は考えていた。

高校時代に演劇部に入り、その活動に力を注いだこともあった。或る役に徹することで己を繕っていたが、心の痛みはその残滓《ざんし》をとどめて郁夫を苦しめた。何事にもあえて口出ししない郁夫を同期生は、控えめと評価していた。目立たない秀才、と教師の間では言われていた。

このような目立たない郁夫が一流大学に合格した。一見、優秀に思えた生徒が滑り止めの私大にとどまったことも教師たちの評価基準を狂わせた。

郁夫は全国規模の模擬テストなどを受けていなかった。教科書だけが郁夫の参考書だった。郁夫は岡崎にとって高校時代からの学友であったが、互いに生家にまつわる話題には触れなかった。

絢子の苦悩と自分の実母の苦悩とが重なり合い、岡崎は複雑な思いに見舞われていた。共に耐え、健気《けなげ》という点では共通している。

郁夫の継母、そして岡崎の実母も夫のニーズを受け入れてきたからこそダメージも大きい。識者は「習慣強度」という言葉で括っているが当事者の苦悩は計り知れないのだ。

酒飲みの夫の妻は寛容だ、と精神科医の間では言われている。

岡崎の友人である医師が、

「夫が酒を飲み出すと、何度も入院をしている病院へ連れていって入院させる奥さんがいる。十九床以下の医院だがどんな時間でも入院を受け入れてくれる。そういう家族は夫の飲酒を苦にしていないのだ」

と話していたのを記憶している。

これは一部の医師の見方であって家族の苦痛を汲み取っていない、と岡崎は考えていた。

絢子の場合は、郁夫の彫りの深い顔貌と学識の深さに惹かれ、間に立った岡崎の言葉を素直に受け入れての結婚であった。酒は歓迎しないが、いいところもある、と認めていた。

岡崎の母は父を婿養子として迎え入れたので、気遣いが優先していた。父が家出同然に中国へ行き、軍属として終戦まで務めていたのを受け入れていたのである。岡崎の母も酒と暴力はいただけないが、頭もよくいいところがある、と認めていたのだ。郁夫と岡崎の父親とはあまりにも似通っていて岡崎は妙な感覚に見舞われていた。

郁夫の継母そして岡崎の実母の二人ともが夫の飲酒に苦労を強いられていたけれども振る舞いを健気にも受け容れ、ただ従っていたのだ。

子供への影響を考えるゆとりなど、ないに等しかった。

郁夫の次男恭介の暴力行為は家庭内にとどまり、表沙汰にはならなかった。

岡崎も自分の次男の暴力になやまされた時期があった。

郁夫と岡崎、両者には共通点があった。

二人とも寡黙で、その立ち居振る舞いは秘密を抱える者に特有のもので、寡黙の由来について精神分析を専攻する医師の間で話題になっているのだ。

妙な間柄ではある。

岡崎の郁夫に対する微妙な間合いの不可解さを解く鍵を絢子は知る由もなかった。

「だまされた」

という岡崎に対する思いを、絢子は抱きつづけていたのである。

絢子は、公文の教室を開いていた。知人が場所を貸してくれていたのである。郁夫の人徳でもある。酒は飲むが、一流の大学出という世評のほうが上回っていた。

次男恭介の裏の事情など、誰も問題にしなかった。一流の大学に飽き足らず中途で退学した、という噂も勲章になっていた。

世間の理解は一筋縄ではいかない。括ることがいかに危険であるかを岡崎は知っていた。

地方とりわけ田舎の人は口うるさいというが、土地のために役立っている人のことをとやかく言わない。あえて口を閉ざし、守ってくれている。

郁夫は常々、

「都会は個人を尊重するとはいうが口うるさい。役に立っているかどうかさえ分からず噂話を撒き散らし、守ってくれない。功績など見向きもしない。個人同士が埋もれてしまっている。都会砂漠とはよく言ったものだ」

と、思っていた。

郁夫は恩恵を受けているにもかかわらず、悪い運気にとらわれ、一切振り払おうとしている自分を疎ましく思うこともあった。

絢子は、

「皆いい人よ」

と恩恵を口にするが、郁夫は猜疑心を募らせる一方だった。酒のせいかしら、と絢子なりに思っていた。

数年過ぎてから郁夫が御浄霊という言葉を口にしなくなった。教導所へも行かなくなっていた。世界救世教、メシア教も一切口にしなくなっていた。

「御浄霊では僕は救われない」

と、郁夫は落胆したように、ぽつりと漏らし、外出もあまりしなくなった。菜食主義を貫いている郁夫の身体は痩せ、あばら骨が見えるようになった。絢子は、肉を食卓に並べても手をつけない郁夫の頑なさに心を痛めていた。

絢子は恭介が通っているデイサービスに時々ではあるが保護者として参加していた。住まいの駅から二駅も離れてはいたが、電車に乗ると、絢子の心は落ち着くのだ。恭介の身だしなみと言えば、服を着替えない、髪はぼうぼうだが、我が子が作業に参加しているのを見て絢子は安心する。

親馬鹿と言われようと絢子は気に止めなかった。

ある日曜日の朝早くに郁夫が珍しく出かけた。

「どこに行くの」

と、絢子が声をかけたら、

「教会」

と、郁夫が言葉少なに答えた。帰ってきたときに絢子が、

「教会っていうけれど、メシアですか」

と訊いたら、

「いや、違う」

と郁夫が、俯いたまま言った。

日曜日の朝早くといえばキリスト教会しかない。絢子が小学生のときにミッションスクールに通っていたので察しがついたのだ。

郁夫がカトリック教会に行くようになった、という知らせが絢子の手紙で岡崎に齎された。絢子の手紙を読み、岡崎は学生時代に、日曜ごとにカトリック教会のミサで祈ったことを思い出していた。

毎日曜日に司祭によって執り行われる主日《しゅじつ》のミサに参加していたのである。

ミサの初めに入祭の歌として聖歌が歌われる。岡崎は歌わず、入祭唱を唱えた。司祭が入堂し、初めの祈りが唱えられ、次に悔い改めの祈りと司祭による集禱文《しゅうとうぶん》という祈り、続いて憐れみの賛歌「キリエ」が唱えられ、主日では栄光の賛歌「グローリア」が唱えられる。

次にことばの典礼といわれる部分に入るが岡崎はただ耳をそばだて、祭壇を見つめていた。

岡崎は非信者なので同席はできるが聖体拝領は受けられない。

聖体拝領が終わると、司祭が拝領後の祈りを唱えて交わりの儀が終わる。それを見届けてから、岡崎は下宿に帰る。

ミサは朝七時に始まる。友人でもあり信徒である森俊夫《もりとしお》に勧められ、おおよそ二年の間通い続けた。付き合っていた女性のことで森俊夫に相談していた。なんのことはない恋慕に苦しんでいたのだ。女性が森と高校時代に同級生だと聞き、何度か訪ねていたのである。

冬の季節、朝の七時はきつい。朝六時から七時にかけて気温が下がるからだ。

教会に通い続けたのは、自傷行為に似ていて、自分で自分に鞭打っていたのだ。

岡崎は想い続ける女性と添い遂げることができないのではないか、去ってしまうのではないかと恐れ、絶えず不安感に襲われていたのである。

この不安は、父親が不在で、妹と母親と三人で祖父母の家で暮らしていた幼児期にすでに現れていた。母が山菜採りに出かけるともう帰らないのではないかと不安になり、家の玄関口で母親の姿を追い求めていた。母親に見捨てられる不安に駆られていたのである。叔父と祖父の弟の家に行っても、帰りの汽車に間に合わないと不安になり泣き出し、親戚の子に笑われたりした。叔父がなだめて、駅弁を買い、何度も心配するなと言ってくれたことを岡崎は忘れずにいた。

なにが起きるか分からない。繋がりがそもそも不確かでほどけてしまいやしないか、という不安を抱き続けているのを岡崎は自覚していた。

人生経験の少ない、二十歳前後の年嵩のいかない若者の避けがたい苦悩でもあったが、岡崎の性格傾向にも由来している。

岡崎は、拒まれた存在として己を捉えていたのである。

岡崎はカトリック教会に通っていることは森を除いて誰にも話していなかった。付き合っていた女性にも話さなかった。

岡崎が教会に行かなくなったのは卒業試験を間近に控えていた頃だった。

この頃森から洗礼を受けるように勧められていた。だが岡崎は洗礼を受ける心境にはなっていなかった。付き合っていた女性は既に卒業し、国立病院の医師実地訓練生として訓練を受けるため上京していた。当時は卒業後に病院で訓練に従い、一年後に国家試験を受ける制度になっていた。

女性が卒業前に岡崎を小旅行に誘い、バスで湖に行った。大型バスに乗客がいなくて、二人きりだった。貸切同然のバス旅行であった。

ボートに乗ったとき、

「もうお別れだ」

と岡崎が言ったら、女性は、

「そお」

と、言うだけでなにも言わなかった。岡崎は自信を失い、女性とは別れる定めだと思っていた。繋がりが途絶えるのではないかと不安に襲われ、一緒に旅行をしている現実そのものもあり得ない出来事のように思えてならなかった。

忘れることができないバス旅行だったが、岡崎は諦めていた。卒業に備え、勉学にいそしむようになった。

卒業を控え進路について迷っていた岡崎に森が受洗を勧めたが、決心がつかないままに卒業試験を迎えていた。そして卒業と同時に、上京し、国立病院の実地訓練生になった。付き合っていた女性も先輩としてその病院で研修を終えていた。岡崎は森に感謝の気持ちを手紙で伝え、助祭に事の経緯を説明してくれるよう依頼した。

女性と結婚し、医師として多忙を極めている間にその経緯も忘れ去っていた。不確かな存在を多忙な毎日の生活が辛うじて支えていていた。

考えようによってはいい加減だった、と郁夫は忸怩《じくじ》たる思いを抱いていた。

郁夫が教会に通うようになったということを絢子が手紙で報せてきたとき。郁夫が必死になって救いを求めている想いが伝わり、そして岡崎は以前にカトリック教会に通っていたことを思い出し、いつも崖っぷちに立たされていた自分を顧み、立っている基盤そのものが不確かであることに不安を覚えている郁夫の苦境を思い遣った。

郁夫が次男に暴力を振るわれたと聞かされたとき、岡崎も同じような目に遭っていた。しかしこのことを職場の同僚にも話していなかった。

岡崎の次男は、社会生活に馴染めぬまま、急性骨髄性白血病で早世した。その時、皆の前で悲しむ岡崎に妻、雅子《まさこ》が、

「神様の贈り物です」

と言って慰めた。考えてみればそのとおりで、岡崎の苦しみは自然に癒えていた。

郁夫には神様の贈り物がなく、晩年まで苦しみ続けていた。

郁夫が世界救世教の「かざし」に期待しなくなったのも岡崎には理解できた。

数年が過ぎた。

郁夫が癒えぬ苦しみに苛まれ、自身の力でなくすべてを委ねることを心に決め、カトリック教会に救いを求めたことを岡崎なりに理解したのである。郁夫は絶望していた。

カトリック教会に通った自分の経験を郁夫に話すことはしなかった。役に立たないと岡崎なりに考えたからである。

郁夫の終わることのない苦難が続いた。

ある日郁夫が岡崎に電話をし、

「教会も世俗化し、結婚式も請け合うようになって、なんか自分には合わないようだ。神は存在を超えている、というがその神は死者を受け入れてくれるが死者は永遠に死者の世界に行ってしまい、神は死者にとって残された生者とのことを語ってくれず、信仰を受け継いでください、としか言わない」

と、郁夫が不満げに言う。

岡崎が、

「難しいことを言うね」

と言い返すと、

「すべて神の思し召し、というのが自分には合わない」

と郁夫が胸の内を明かした。岡崎と郁夫の会話が続いた。

「どういうこと」

と岡崎が郁夫に問いかけた。

郁夫が、

「死んだ後に残された家族の幸せを願うのが自然だと思うが」

と言ったが岡崎が面食らい、

「そうだね」

と言ったものの、どう続けていいか思いつかなかった。

「キリスト教は、残され生きている人とは関係を持てないというが」

と郁夫が言い、

「自分が死んだ後の心配をしているの」

と岡崎が聞き返した。

「かいつまんで言うと、そういうこと」

と言い続ける郁夫がさらに、

「キリスト教会で信者が神に召された後に残された肉親と死んだ者との関係を語らないね」

と言い添えた。

岡崎はようやく話の筋を見出し、

「死んだ後のことを心配していることはわかったが、どうすればいいかは死んでみなければわからないね」

と苦し紛れに言うと、郁夫は、

「こういう話し合いが司祭や助祭とできるといいが、無理だとわかった」

と続けた。

「そうか」

と岡崎が応じた後に、

「日曜日に通うのではないの」

と訊き返したとき、

「いつでもいい。土曜日でもいい、と言っていながら平日でもいい、に変わった」

「え、日曜日の朝七時が決まりのはずだが」

と岡崎が驚いて言うと、

「昭和五十年に入ってから変わったらしい」

と郁夫が言った。

岡崎が通っていた頃と変わっていたことを郁夫の話で改めて知った。信者との関わり合いも変わってきたのか、と岡崎は言葉を失い、電話は切れた。

郁夫は何を言いたいのだろうと岡崎が考え込んでいた。

事の重大さを岡崎が究めきれずにいた。想像力の足りなさが悔いになるとは岡崎も想定していなかった。

診療に追われ、深く考えるゆとりのないまま時間だけが過ぎていった。

岡崎の心に郁夫の言葉が棘のように刺さっていた。

還暦を越え、古希を迎えようとしていたが飲酒は変わらなかった。

加えて郁夫の身体に異変が起きていた。頻繁にトイレに駆け込むようになっていたのである。何かを食べると便意を覚え、急にトイレへと急かされるのだ。

便秘が続き市販の薬を飲むと下痢に悩まされる。その繰り返しであった。郁夫の医者嫌いが板につき、診察も受けなかった。

絢子が通っている医院の医師に訊いたら、過敏性腸症候群で、ストレスが原因ではないでしょうか、ということだった。医院の医師の考えを郁夫に話したら、いい加減なことを言う医者だね、と言い、憮然として、郁夫は押し黙ってしまった。

次男の恭介はグループホームに通ってはいるものの、社会人としての活動はしていなかった。髪は伸び放題にし、髭も無精髭で、まるでホームレスの装《なり》であった。

三男哲夫は大学を卒業し、地元の企業に就職したが、アパートに一人で住み、忙しいと言って両親の住む家には近寄らなかった。

妻、絢子と二人だけの生活だが郁夫は自分の部屋で過ごすことが多かった。しかし、トイレだけは頻繁に使用するので絢子は、郁夫が落ち着くまでトイレに行くのを我慢しなければならなかった。

それでもトイレへ行く途中で郁夫が大便を漏らし、その度に絢子が短い声を出すだけで、なにも言わず、洗濯機を回すことが多くなっていた。

この騒動は朝だけで、十一時を過ぎると郁夫は外出の支度をし、教授を務める短大に出向いていくのである。

一流の大学を出ているということで歓迎され、ホームページでも紹介され、定年は八十歳ですよ、などと言われ、それを郁夫も受け入れていた。

家での郁夫の様子を知ったら世間の人はその落差に驚くに違いない、と絢子は密かに思っていた。

九　オリオン座に惹かれる郁夫

岡崎が郁夫に会うために訪れたのは二月の中旬で、郁夫との待ち合わせの時間まで町を歩いた。

北上川の上流である川の流れがせせらぎと呼ぶに似つかわしく、岡崎の心を捉えた。

街並みのたたずまいも県庁所在地だけに整っていて魅せられてしまった岡崎は、郁夫がいいところで働いている、と安堵した。

ここから二つ目の駅の近くに住まいがあると聞いていたので足を延ばそうとしたが立ち入りはしまいかと懸念し、駅の周辺の喫茶店で会うことにしたのである。

郁夫がやや遅れて喫茶店に入ってきた。

「遅れてごめん」

と郁夫が詫びた。

「静かでいいね」

岡崎がほっとして言うと、

「ここでは話しにくい。別のところに部屋を用意している」

と郁夫が岡崎を促した。

「え」

と岡崎が訝りながらも郁夫に従った。

郁夫が案内したところはホテルの会議室だった。

「ここは客が来たときに用意している」

「どうして」

と岡崎が訊いたら、

「妻に迷惑をかけるし、お茶も菓子の用意をしない。自販機がある。テーブルと粗末な椅子、それだけでいい。会議室などというが、こんなもので僕には重宝」

と郁夫が微笑みながら言った。

「奥さんに気を遣っているの」

と岡崎が念を押すと、

「そう」

と郁夫が答え、二人の会話は他愛のない話から始まった。

「体調はどうなの」

と岡崎が郁夫に話しかけた。

「あまり良くないが、医者に行かなければならないほどではない」

「そう、でも星に興味があるようだが」

「オリオンの神話」

「弟に殺され、バラバラにされたが、妹であり妻でもあるシリウスとその妹がよみがえらせ王として君臨した、という神話」

「そう、そう、村治《むらじ》笙子《しょうこ》らがまとめた『エジプトの「死者の書」』というのを読んで、それにはまった」

「それは読んでいない」

岡崎が驚き、ためらいがちに訊いた。

「初めに死があり、復活して皆の幸せのために生きるということ」

「察しがいいね」

「でも死というテーマと再生というテーマと、どちらに比重を置いているのか」

「岡崎くん、いやいや岡崎先生」

「いいよ、岡崎くんで」

「王を含め、エジプトの人々が来世で永遠に生きられるよう祈り、また残された生者を見守って欲しい、という死者への願いが『死者の書』から伝わってくる」

「郁夫さんが惹かれたのはどういうところ」

「そう、かいつまんでいうとナイルの民の死生観です」

「教えて」

岡崎が踏み込んで聞き出そうとした。

「自分が死んだら、自分と同時に生まれた『カー』という生命力と一緒になる。そして自分の中で動くことができる『バー』と呼ばれる変幻自在の死者の魂や『アク』と呼ばれる生命力が、墓の中の遺体から抜け出し、自由に現世に戻ってきて、生きている者たちに働きかける」

郁夫はよどみなく語り続ける。

「うん、それで」

と、岡崎が促すように問いかけた。

「現世に戻るには、あの世に行って冥界の王シリウス様の『死の裁判』を無事に終えられるように、太陽神アラー様の船に乗せてもらえるように、とエジプトの民は手筈を整えようとする」

岡崎が頭をかかえながら聞いていた。

「エジプトの人々は、来世は天界と地下の冥界との両方にあると信じていた。天界には現世と同じようなナイルの河、私たちになじみのある天の川が流れていて、その氾濫原に死者たちの棲む桃源郷があると想像していた。

遺体は棺《ひつぎ》に納められ、ナイルの河を渡るため船に乗せられる。棺のそばには、オシリス神話を再現させるように、イシスとネフティスの二女神が描かれている」

岡崎が頭をかきむしりながら話しつづける郁夫を見つめていた。

「オシリスという名前は単に神そのものを表すだけではなく、死者のための輝かしい称号となり、死んだ者はこぞってこの名前を帯びることになった」

岡崎が目を輝かせて聞き入っていた。

「エジプトの人々は、オシリスが来世でも現世と同じように幸せな生活が送れるようにという願いを叶えてくれると信じていた」

岡崎が、

「郁夫さんが惹かれたのは、死者の残された者への現世での働きかけなのだろうか」

と郁夫に問いかけた。

「そうです」

郁夫が力をこめて答えた。

「そうだとすると往相《おうそう》廻向《えこう》と還相《げんそう》廻向《えこう》の二種廻向と変わりがないのではないか。この世界から浄土に行き、浄土からこの世に戻ってきて衆生《しゅじょう》救済に努めることである。ところが親鸞が廻向の主体を阿弥陀仏だと考えた。衆生に廻向の力はない、仏の力に乗ることだと親鸞は考えたのだが、どう思う」

　岡崎が問いかけた。

「確かに親鸞の考えに従うと、無辜《むこ》の民はどうすることもできない」

　郁夫が答えた。

「それを懸念したのではないか」

「岡崎さんの仰有るとおりですよ。往相廻向と還相廻向は阿弥陀仏の力を借りなければならないから、私には無理です」

「どうして」

　岡崎が聞き質した。

「信心が足りないから」

　郁夫が小さな声で言った。

「確かに。善人なおもて往生を遂ぐ、いわんや悪人をや、と言われている『歎異抄』も信心という他力がなければいけないのではないか。そうだとすると、郁夫さんの、信心が足りないという自覚もよく分かる」

　と岡崎が郁夫の嘆きを察し、

「それでエジプトの民の信仰を」

と窺うようにして聞き質した。

「そう、阿弥陀仏は見えない。星空は見ようと思えば見られる」

「うーん」

「天の川はよく見える。身近でね」

郁夫の空をさまようかのような眼差しを目にし、

「エジプトの民のように、天の川を渡りシリウス、ペテルギウスに辿り着くことを考えている。つまりオリオン座を目指そうとしているのですか」

と岡崎が、さらに問いかけた。

「そう。だけど妄想だなどと言われると」

郁夫が懸念を露にした。

「いや、考えていることは理解できたが」

「理解できたならいい」

郁夫がほっとして呟いた。

「ところでオリオン座にまつわる神話は絢子さんに話したの」

岡崎が訊くと、

「星空を一緒に眺めながら、シリウス、プロキオン、ペテルギウスと繋がる冬の大三角をいくら教えてもよく見えないと言うばかり。オリオン座の神話は関心がないみたいです」

と郁夫が寂しげに言った。

二人の会話はそこで途切れた。

岡崎は不吉な予感がして言葉を失いかけていた。天の川は確かに身近に目にすることができるが真言宗の教えでは、弥勒菩薩がこの世に現れるのは五十六億七千万年先だろう。それも目にすることができるとは限らない。岡崎は郁夫の考えに翻弄されていた。自然死でも自死でも死には変わりがない。もしや自死などを考えているのではないか、と想いをめぐらし頭を抱えていた。

「岡崎くん、いやいや岡崎先生」

郁夫が岡崎に向かって話しはじめた。

「いいよ、岡崎くんで」

「でも、世話になったお医者さんだ」

「思い出すと冷や汗ものだよ」

「いいです、恭介を見ていると、彼は本当に病んでいると思う。僕は」

と、郁夫が遠慮がちに言った。

「病というより症状だった」

と、岡崎があえて考えを述べた。

「でも変な〝気〟が入り込み、身体の一部が妙になってこわばり、あとは分からなくなる」

「その症状を精神の病と診断して」

と、岡崎が済まなさそうに言った。

「いいんだ。インシュリンショック療法はもう昔の療法でしょう」

「今はやらない。だいいち命が懸かっていて、原理も未解決で」

「でも岡崎先生が必死になって取り組んだおかげで」

「そう言ってもらうと」

「絢子も感謝していますよ」

「話したのか」

と、岡崎が驚いて言った。

「もう失うものは何もないから」

「詳しく話したのか」

「そう。岡崎くんの恩師の話もした。あの先生は僕の主任教授の主治医だった」

「それは聞いていたが」

「僕が参ったのは、非常勤だが教壇から去るように言われたことで築いてきたものがすべて失われたこと」

「プライド」

郁夫が初めて胸の内を岡崎に明かした。

「そう。参ったね。人間失格だ」

「辛かったね」

「この地方の短大の教授になって、一流の大学出の先生などとおだてられて。学位がないのに教授になり、短大の定年は八十歳ですよ、まだまだだって言われ、それを妻に言うと、喜ぶ。もうガタガタ」

「あと二年か」

「そうあと二年」

「やり遂げたら」

「うん。ところで便の失禁だが」

と、郁夫が話題を変えた。

「過敏性腸症候群か」

岡崎が言いかけると、

「酒を断ちなさい、って妻にも言われる」

「でもほろ酔いで自分の居場所が手に入るのでは」

「いいこと言うね。岡崎くんのような医者が断酒会にいるといいね。やめろ、やめろ、ばかり言う。それを聞いたら行き場がなくなる。こういうことが分からない医者は本物なの」

と、郁夫が問い質そうとしたら、

「現れている事象だけを問題にして、その由来を深く究めない人が多いね」

「そう。ところでどうして僕がオリオン座に興味をもつのか、不思議に思わない」

と、郁夫が岡崎の真意を探った。

「思う。でも今はよくわからない」

「それでいい。岡崎くんも『死者の書』を読むといいよ」

郁夫はそう言うと、しばらく押し黙ってしまった。いつものパターンかと岡崎は推察したが、自分を省み、秘密を抱える者の特性である寡黙の所為だと理解し、一緒になって目をつぶり、数時間を過ごした。

郁夫は岡崎が来てくれたことで不思議と安心感を覚え、駅まで見送った。

岡崎は絢子には会わずに帰った。

十　郁夫の病と岡崎の苦悩

帰京して後、郁夫が描いている天の川を巡る想いに懸念を抱き、何か方策はないかと思案し、岡崎が郁夫に電話をした。

岡崎の甲高い声が電話口で響いた。

「ところで、話は変わるけれど、郁夫さんが高校二年の時にユージン・オニールの『地平の彼方』を自分で脚本を作って演じたことを覚えている。郁夫さんのオリオンもそうだけれど、ロバアトになりきって演じた郁夫さんが日常生活でもロバアトになっているのかと思ってしまった。違いますか」

「あれは日本で出版されたばかりで知らない人が多かったが、岡崎先生が覚えていたとは」

「僕も高校の図書館の本をあらかた読み終えてしまったクチだから」

「そうだ、岡崎先生は読書好きだった」

「それはいいとして、ロバアトのように病気で倒れてはだめだ」

郁夫が死を予期しているように思えてならなかった岡崎は、思っていることを脈絡なしに話し続けた。

帰京した岡崎が、郁夫の変化に注意して看て欲しいという願いを認めた手紙を絢子宛に出した。オニールの「地平の彼方」が本棚にあればぜひ読んで欲しいと書き記した。

清野暢一郎《せいのちょういちろう》の訳で昭和二十七年一月に発行された岩波文庫が出ていることを伝えた。

返事はなかった。絢子にとっては、常態化している郁夫の大便の失禁、その世話で頭がいっぱいでゆとりがなかった。郁夫の身体がどんどん痩せ細り、あばら骨が目につくようになっていくのも気懸かりだった。

絢子が説得に説得を重ね、郁夫が県立病院で検査を受けたのは、一月も経ってからだった。クレアチニンが少し高めで、腎臓の機能が低下している疑いがあるが、腫瘍もないので心配することはない、という医師の判断であった。

「腎臓の機能の低下というのは」

絢子が訊くと、

「糸球体濾過量の低下です。低下しますと尿で排泄されるべきものが濾過されず尿毒症になります。人工透析も考えに入れないといけません」

と医師が答えた。

「クレアチニンの正常値を教えてください」

郁夫の代わりに絢子が訊いた。

「一・〇が上限です。郁夫さんの値は三・一です」

医師が簡潔に答えた。

「糸球体濾過量は」

絢子がさらに訊いた。

「年齢を考慮しますと十五・七で、五十四・二が正常値ですから腎不全が疑われます」

絢子はこれ以上訊かなかった。

医師との問答は絢子だけで、郁夫は何も訊ねなかった。飲酒については医師からなにも言われなかった。

郁夫の神妙な顔つきが絢子にとって不気味だった。

「どうして辛辣な質問を口にしないの、郁夫さんらしくない」

と、医師の判断が腑に落ちなかった絢子は憤りを抑えながら郁夫に問いかけ、診察室を後にした。

郁夫が岡崎を除いて医師を信用していないことは分かっていたが、体重が減り続けているのは何か悪性の病気のせいかもしれない、と絢子なりに心配していた。絢子の心配をよそに時間だけが過ぎていた。

絢子の生きがいは次男、恭介の世話をすることだった。恭介が通うデイサービスに保護者として参加して心が和む時間が絢子にとって得がたい体験となっていた。病気を抱えている子供や配偶者のことを話すことで互いに共感し合い、それが支えになっていた。医者や心理担当者の上から目線で言う説教じみた話を聞かされることはない。

話し合いの場は絢子にとって唯一の居場所だった。

郁夫がぽつりぽつりと、これまで聞いていなかった過去のことを話すようになったが、絢子にとっては負担だった。

生まれて三か月で母親と死別した可哀想な人という思いを常にもっていた絢子は、折に触れて郁夫の背中をさすったりしていた。しかしそれも最近はしなくなっていた。

大学院にいた頃、半年以上も音信がとだえていたのは実は入院していたこと。岡崎の世話になっていたことも聞かされた。「隠したわけではない。負担になると思った」と言っていたが、喫茶店で岡崎先生が同席した理由が結婚の同意を求めるためだったこともさらに聞かされ、あの時にだまされたのだと改めて思い知った。飲酒のことも、岡崎は知っていたのに教えてくれなかった。だまされた、と直接話したときに、そういうつもりはない、と答えた岡崎に不信感を抱いたが、初期治療が良かったせいで教授としての生活ができたことを顧み、言い過ぎだったと後悔もした。

次男、恭介の状態がはかばかしくない。郁夫と比べ、遺伝かな、と思ったが少し違うのかな、とも考えたりした。

〝育ちの違いかな、そうだとしても郁夫さんには言ってはいけない。私たちは二人で恭介を大事に育てたのに人々は育て方がよくない、と噂している〟

絢子の思いは譫言《うわごと》のように頭の中を駆け巡る。

郁夫は痩せてはいるが酒を飲むときは、小さな土瓶で温めた酒をおもむろに杯に移し、背筋をのばして口に入れる。まるで時代劇の主人公のようだった。

「役者みたい」

と、絢子はいつも笑いながら言いかけるが酔い潰れるときの姿との隔たりがあって、

「面白い人」

と、小さな声で笑みを浮かべ呟く。

このとき、岡崎が薦めたオニールの「地平の彼方」を読んでいなかったことに絢子は気が回らなかった。

大便の始末は歓迎しないが、酒を飲むときの郁夫には趣があって絢子は郁夫の取り柄だと思っていた。

岡崎は絢子からなんの報せもなかったので郁夫については絢子に任せることにした。見守る、という言葉は体裁良いが放任に近い。

岡崎が定年を迎え、開業をしている妻、雅子の診療所で働きはじめた。その頃依頼されて

検診の業務をするため、泊まりがけで工場に行くことが多くなった。

次男、将《まさる》が急性骨髄性白血病で死亡したのは岡崎が六十五歳の年だった。横になることが多くなり、しまいには廊下で座り込むことに気づいた妻、雅子が救急車を呼んだ。

「お父さんも一緒に行きましょう」

と、雅子が岡崎に声をかけたが応じなかった。

程なくして雅子から電話がかかり、

「あぶない」

と知らせてきた。岡崎があわてて医大の付属病院へ駆けつけた。次男、将の下顎呼吸を目にして、「え」と大きな声を出して岡崎がストレッチャーに近づこうとしたが雅子に止められた。検査で脳内出血の所見があった、と医師から説明された。型通りの心電図所見を見せられ、入院してから三時間で死亡が確認された。悲しむ岡崎に雅子が、

「神様の贈り物」

と呟いた。その言葉が意味深い奥行きのある詩句のように岡崎に伝わった。

火葬を終え、実家の近くの寺でささやかな葬儀を済ませた。帰りに桜の名所である北上展勝地に足を運んだ。

雅子が段取りをしたのだが、その小旅行は岡崎にとって喪の作業にふさわしいもので、岡崎は休むこともなく雅子と共に仕事をつづけた。

年賀状も例年と変わりなく交わした。喪中はがきなどというものに岡崎は違和感を抱いていたのだ。虚礼などという人もいるがコミュニケーションを欠かしてはならないと考え、岡崎は毎年決まって年賀状を出しつづけていた。だが、その深層心理は「喪失への予期不安」に根ざしていることは岡崎もうすうす気付いていたが口にはしなかった。妻の雅子も年末に見かける年賀状を目にし、首をかしげるばかりで、あえて口出しをしなかった。この間の経緯は絢子にも伝えていなかった。

一方で、絢子は恭介の生活全般に亘る意欲のなさに将来どうなることやらと心配していた。郁夫と根は同じなのにこうも違うのかと嘆いた。

郁夫は薬をまったく飲まず、恭介は薬漬けに近い。この差はなんだろうと絢子は自問自答していた。

岡崎は閉鎖病棟ではなく開放病棟で勤務することが多かった。大学病院から移った病院が、総合病院で開放病棟だったことが岡崎の信条に適っていた。

大学病院でもそうだったが素手で戦ったようなものだった。郁夫の話を聴いて、絢子は岡崎がよく話を聴き、一緒に外出したりした対応が功を奏したのだと考えた。郁夫が岡崎に信頼を寄せ、長く交流を続けているのもよく理解できた。時間をかけ、患者の話を聴くことのよさはどんな時代でも変わらない。恭介は運が悪い。たった三分で何が分かるのだろうか。絢子は胸の内で悪態をついた。

恭介の行動になにかおかしいと絢子が最初に気づいたのは恭介が中学生のときだった。どう対処したらよいのかわからなかった。なにも分からず、言うことをきかない子になってしまったぐらいにしか思わなかった。だがそれを認めたがらず、他に原因を見つけようとした。母親とはそういうものなのだと思っていた。郁夫は仕事にかまけて注意を払わなかった。大学に受かった時は喜び、有頂天にさえなっていた。

学生寮の自室にこもり一歩も出ないと知らされたとき、二階から転げ落ちたように気が動転していた。絢子はその頃を思い出し、苦笑《にがわら》いした。

郁夫がエンディングノートをつけ始めたのは傘寿を迎えてからである。

「尊厳死といっても、いざとなると家族にせがまれ延命治療をするのではないか」

と、郁夫が絢子に語りかけた。

「どうして」

と絢子が聞き返すと、

「知り合いの人のお見舞いに行ったことがあったけど、集中治療室の中で医療機器に生かされていて自分で生きているとはどうしても思えなかった。手術をした医師が夫人と共に見舞いに来ていた。手術は成功しました、と殊更に言っていたが、息も絶え絶えの当人には見舞客が誰かも分からないし耳に入らない。あんなふうにしてでも生きて欲しいのかな」

と思い出したように話した。

「家族の思いってそんなものじゃないの」

と絢子が言ったが、郁夫が思い詰めたようにきっぱりと言った。

「私はあんなにまでして生きようとは思わない。自分の意志でなにもかもができてはじめて生きていると実感できるのではないか。医者のいいように身体を切り開かれるのはごめんだ」

それに対して絢子が、

「病院に入ったらそうはいかないのでは。医者は生かそうとするのでは。それがお仕事なのでは」

と、絢子が異を唱えた。

「呼吸もできないのは、肺の細胞が自力で酸素を取りこみ炭酸ガスを排出することができないこと。呼吸器で酸素を送り込まれて生かされ、注射で栄養を補給されているっていうのが生きていることになるのか。私はいやだね。肺の細胞だって傷むのでは」

と、郁夫が勢いをこめて絢子に向かって言い、

「ああいやだ」

と殊更に大きな声を出した。絢子がそれを聞いて、

「でも郁夫さんは、八十歳になってからは弁膜症、脳内動脈瘤、ヘルニア、最近では心不全、排泄のノーコントロールと、お医者さんの力を借りなければいけない身体でしょう」

と、言いかけた。

「絢子さん、診断は医者の専売特許のようなもので切り札。でも自分の身体をどうするかは患者と言われる人たち次第。わかりますか。三分診療で、はいお薬、それで何が分かるの、毎日毎分単位で身体は変化するの、一時《いっとき》の検査でなにもかも分かるってあり得るのか」

「そりゃそうです。でも医学の限界では」

と絢子が言い返した。

「それを自覚している医者が何人いる」

と郁夫が語気を強めて言った。

「でもいざというときは」

と、絢子がたしなめるように言ったが、

「延命措置か、死亡診断か、いやだね。救急車、ごめんだね。いつか言ったね。延命処置を受けていた親戚の人の話。大金かけておいて残念です、で終わり。ところで絢子さんは自分の命日が判りますか」

と、ふだんは誰も考えようとしないことを訊かれた絢子は、

「そんなこと判りません」

としか答えられなかった。

「不安でしょう」

「そうね」

「でしょう。医者だって判らない。僕も不安です」

と、郁夫は絢子の言葉に追い打ちをかけるように言った。

意表を突かれ、絢子は深いため息をつき黙りこんでしまった。

この時の郁夫との会話が不幸な予兆を示していたとは、絢子にとって知る由もなかった。

郁夫の飲酒はやまなかった。最近では星を眺めて夜更かしをするようになった。

「社会人としての表向きの郁夫さんと、やることが破天荒な一面とのバランスがとれていない」

と呟きながら、絢子は郁夫を不思議な人を見るような目つきで眺めた。

郁夫は医者嫌いを通していた。若い頃の大学病院での苦い体験が、郁夫を頑なにしていた。

岡崎が寄り添ってくれたことへの感謝の気持ちは忘れなかったが、命懸けのインシュリンショック療法で生き残れたのは僥倖《ぎょうこう》としか言えない。薬物療法も受けずに傘寿を迎えることができたのは岡崎の力で、医学の力だとは郁夫は思っていなかった。

寒い冬がやってきた。十二月、年を越してやがて二月になった。

岡崎は、郁夫から来た年賀状が例年と違うのに気づいた。絢子が代筆していたのだ。

「年賀状も書けなくなったのか」と、郁夫の健康状態を岡崎が心配しはじめた。

この頃岡崎が傘寿をきっかけに著書を書きはじめ一年ばかりで上梓し、秋になり郁夫に贈っていた。お礼の手紙は絢子からだった。

〃御著書を本日拝受申し上げました。厚くお礼申し上げます。夫、郁夫は恐らく心の奥底では精神的に刺激を受けたと思われますが、それを表現することのできる世界の住人ではなくなっております。高齢者向けの施設に付属している部屋で小学生を相手に読み聞かせボランティアをしております私が精読させていただきます。取り急ぎ、先ずはお礼迄〃

と書き認められていた。

月日の流れは早い。最近では春の季節感がうすれてきて、もう七月を迎えていた。

突然の電話がかかってきたのは、七月に入ったばかりの夕べの時だった。

最初に岡崎の妻、雅子が電話に出た。

「声が掠れていてよく聞こえないの。お父さん、代わって」

というので岡崎が出た。

喉の奥から絞り出すような、今にも息切れしそうな郁夫の声を耳にして岡崎は驚きのあまり、

「どうした」

と、聞き返した。

「本を読んだ。売れなくていい。いい本は売れなくていい。僕はもう、だめだ」

と郁夫が喘ぐように言ったので、

「なにを言っている。ゆっくり話し合おうよ」

と岡崎があわてて言ったが、

「絢子を頼むよ」

と言い、郁夫の方から電話を切った。

息遣いが荒い、苦しそうだ。心不全という疾患名が岡崎の脳裏を掠めた。

岡崎は不安になり、絢子に電話をかけようかと思ったが、心配をかけるだけだと気遣い、郁夫への懸念をあえて伝えなかった。

十一　郁夫の急変

午後三時。絢子が出かける時間である。いつものように支度をはじめた。

郁夫が絢子の方に目を向けた。黙ったまま見つめている。

〝どうしたのかしら、いつもは見向きもしないのに〟

首をかしげたが絢子は、

〝気にしすぎかな〟

と呟いて玄関のドアを開けた。

明るい陽射しがまぶしかった。

〝八月並みの暑さか〟

絢子は日傘をさし、ゆっくり歩きはじめた。

〝郁夫さんどうしたのかな。どんどん痩せてきて、大便の失禁もつづいている。妻だから面倒を見ている。誰も労《ねぎら》ってくれない。兄に言ったら、運命だという。そうかな。健康な人のありふれた言い草だ。兄ともあろう者が〟

「アア」

と絢子の口から呻き声が漏れた。

「いけない、いけない」

打ち消す言葉を絢子が口にした。

〝なんということだ。好きだった。郁夫さんの創る漢詩っていい。魅力だった。なのに今は本を開いて、ただ見つめていることが多くなった〟〝でも、そのうちきっと元通りになる〟

太陽が照り、頬が熱い。地面が揺らいでいるように見え、身体がふわりと浮いているような感覚に襲われ、絢子は思わずたじろいだ。

〝疲れかしら。郁夫さんの介護で頭が悲鳴をあげているのかな〟

絢子の呟きが止まらない。

二日《ふつか》前に郁夫と口論になったことを思い浮かべていた。

郁夫が絢子に向かって、

「遺言を書いている」

と言った。

「どんなふうに」

「すべては妻、絢子に譲渡する、と」

「あら、格好良い文言ね。けれども無責任もいいところではないかしら」

と絢子が言ったら郁夫が、

「どうして」

と訊き返した。

「わたしになにかあったらどうするの。考えているの。子供が三人、しかも男だけ」

と絢子が言うと、

「だからどうしろと」

郁夫が言い返した。

「話し合いたいと思わないいんですか」

絢子が問い詰める。

「話し合いね」

郁夫は生返事。

「郁夫さん、私は三人の子供を過不足なく育てようと思い、三男を産んだときに避妊手術を受けたんです。郁夫さんにはあらかじめ言うべきだったでしょうけど、男三人ですからもうお父さん以外の人と結ばれることもないし、ありえないと決めたんです」

「そうか」

と郁夫が身を乗り出した。

「それは、世間でのことですが、男の人で子供がありながら別の女の人に惹かれて結ばれることが話題になっているけれども私はそういう誘いには応じないと心に決めていました。郁夫さんと添い遂げたいと心に決めています。信じようと信じまいと、私は私なの」

絢子はそう言って嗚咽《おえつ》した。

郁夫は不意を突かれ、しばらく黙り込んでしまった。

「これまで生きてきた歩みを話し合いましょう。八十過ぎまで生きられたのは二人で力を合わせてきたからでしょう」

と、絢子が心を寄せ合うつもりで声をかけたが、郁夫はうなだれたまま膝を抱え「苦労をかけたね」と低い声で言った。

「私はそうは思わない。子供を含め、家庭の幸せだけを願って、できるだけのことをしたわ」

「そう。有り難う」

郁夫の声に張りがまったくなかった。

その日のやりとりをきっかけに排泄のコントロールが思うようにできなくなった。郁夫自身もどうしてなのか分からないまま漏らすまいとして僅かな便意でもトイレに駆け込むようになった。絢子はその変化に気付いていたがどうしてなのか考えたが分からず、あえて素知らぬふりをした。そのうち午前中に頻りにトイレに行くが、いくら用心しても途中で大便を漏らしてしまうようになった。

郁夫は、絢子が医者に診てもらうようにいくら勧めても行かなかった。自分の身体は自分で始末する、というのが郁夫の言い分だった。

威信を懸けた言い分は立派だが失禁とは。しかも大便とは。絢子は、できないとは言わない郁夫に手を焼いていた。郁夫との問答がきっかけになっていることは推測できたが、それも確かめることはできなかった。

〝あんなことで言い合いをするのはよくなかった〟

絢子は悔やんでいた。

〝郁夫さんと出逢ったことなど、思い出話をして過ごそう。残り少ない人生だもの。そう言おうと思っていたのに、追い詰められたとでも考えてしまったのだろうか。そんなつもりはこれっぽっちもないのに、これまで小言も言ったことがないのに、なんということをしたのだろう〟

絢子は心の中で呟きながらデイサービスの施設に向かった。

絢子は教授夫人ということで一目置かれていた。この日は読書会の予定で、志賀直哉の「宿かりの死」を選んでいた。

大きくなろうとしてつぎつぎと貝を選んで住み処にしていたが、しまいに身体が大きくなりすぎてお尻が傷み、死に至るという筋書きである。

〝小学高学年相手だが、分かるかしら〟

絢子が不安を抱きながら今日しなければならないことに向き合おうと心に決め、足早に歩きはじめた。

老人向けの施設であるが、その一角に子供向けの勉強部屋があり、そこで子供を相手にして読み聞かせをしているのである。良心的な施設で県庁から徒歩で行ける。子どもたちだけでなく親たちにも喜ばれていた。

十人ほどの子供たちを相手に読み聞かせをすることで絢子の心が癒されていた。

〝滑り出しはよい〟

絢子が心の中で呟き、テキストに沿って進めていった。

その矢先だった。別の部屋で電話のベルが鳴り響いた。

「藤縄絢子さま、お電話です」

介護士の緊急時に出す大きな声が聞こえてきた。

電話口に出た絢子は、

「藤縄です。どのようなご用件ですか」

絞り出すような声で応じた。

「恭介です」

次男、恭介からの電話だった。

「ああ、恭介、どうしたの」

「お母さん、大変。お父さんが」

と言うだけで、あとは黙り込んでしまった。

〝恭介にとっては電話をするだけでも大変なのに、なにがあったのだろう〟

絢子が声にならない呟きで受話器に耳を当てていた。

「恭介、どうしたの。はっきり言ってちょうだい」

絢子がやっとの思いで語りかけた。読み聞かせに参加した子供達のざわめく声と老人のうろたえる声が混じり合い、介護士が、

「落ち着いて」

と、場の緊張感をやわらげようとした。

冷静さを失いかけ、絢子が聞き取ることができた恭介の言葉は、

「お父さんが首を吊っている」

という短い言葉だった。

絢子はその言葉を耳にし、すぐさま、

「お母さんがすぐ行くから」

と言い、電話を切った。

絢子が介護士に向かって平身低頭し、

「すみません、すみません」

と低い声で、

「突然のことですが、家で大変なことが起きましたので中座させていただけないでしょうか」

と申し出た。介護士が快く応じ、絢子は間もなく施設から家に向かうことができた。

施設の職員がタクシーを手配してくれ、絢子は行き先を告げ、急ぐようにと願った。

〃恭介はグループホームに居るはずなのにどうして。郁夫さんが呼んだのかしら。それにしてもおかしい。これから死のうとしているのに息子を呼ぶなんてありえない〃

絢子は想いを巡らせ、呟きつづけた。

二駅もある距離を二十分ほどで走ってくれて、大急ぎで家の中に入った。

「郁夫さん、郁夫さん」

居間の箪笥の前で兵児帯《へこおび》をマフラーのように首に巻き付け、座っている郁夫を見つけ、絢子が大きな声で呼びかけた。

恭介が無表情のまま立っていた。無精髭を生やし、頭の髪も櫛を入れていないいつもの恭介を見て、絢子は不安になった。

〝まさか恭介が手を下したのでは〟

絢子が郁夫の首から帯を外し、身体を横にした後に、

〝こういう時には警察に電話をしなくてはいけないのに、私、どうかしている〟

そう気づき、絢子が警察に電話をした。

三十分ほどしてやってきた警官が部屋を見回してから、恭介にいろいろと尋問をしていた。

「奥さん、こういう時は不審死と考え、法に基づいて変死に的を絞り、死因について検視官に来ていただき判断を仰ぐことになっていますので、御承知ください」

と警官が説明した。

絢子の不安が的中し、警官は他殺、しかも息子が手を下したのでは、と疑いはじめていた。

郁夫は箪笥の前に横になっていたが、箪笥の取っ手が頑丈で兵児帯を通すのに十分なほど大きかったことに警官が注目し、兵児帯が取っ手に巻かれていたのを外したのではと疑い、兵児帯を取っ手に巻き付け、力強く引っ張ったりしていた。そして兵児帯を首から外したのは誰か、と訊きはじめていた。

兵児帯を首から外し、締め直したのでは、とも疑っていた。

検視官が自死とも他殺とも断定しかねたのは、索条痕がはっきりせず首に掻き傷の痕、いわゆる吉川線《よしかわせん》が見られたからである。

検視官の検視を終えてから、郁夫の遺体は警察署に移送された。奥まった部屋に安置され

た郁夫に会わせてもらえず、恭介への尋問が執拗になされていた。

恭介の容姿に目をやり、

「君、身体を清潔にしているのか」

取り調べに当たっていた刑事が恭介に向かって問い質していた。

「この子は身体を清潔にしています。髪や髭を伸ばしているからといって不潔だなどと決めつけないでください。臭わないでしょう」

絢子が抗議するかのように言った。

「それはわかりました。問題は、どうして恭介さんが家にいたか、ですよ」

刑事が怪訝《けげん》そうに絢子に問いかけた。

「この子は病院を退院してから社会復帰を目指してグループホームで共同生活を送っているのです」

絢子が恭介の置かれている状況を説明し、

「病み上がりですから答えるのにとまどっているかもしれません」

と言ったが、

「何を訊いても口ごもり、よく聞き取れません」

刑事が困り果てたと言わんばかりに絢子に向かって言った。

決め手がないまま数時間が経ち、

「遺書があるといいのですが」

と刑事が絢子に問いかけた。

「それはわかりません」

絢子が言い、

「家宅捜査に応じていただけますか」

刑事が絢子の表情を窺いながら押し殺したような口調で言った。

「お疑いが晴れるようでしたらどうぞお願いします」

絢子が疲れ切っていた。

その日のうちに家宅捜査が行われた。

郁夫の部屋を見て、刑事が机の上の乱雑さに目を留め、

「物書きをしている人の机です。昨日まで何か書いていたのではないでしょうか」

刑事が言ったが、

「わたくし、あまり立ち入りませんので」

絢子の言葉に、

「ご主人とはあまり口をきかない」

刑事が疑い深い眼差しを絢子に向けた。

書き留めた文章に目をとおしていた刑事が用紙をよけて封をした書類を見つけた。

封書の表に、余命録と認めてあった。

分厚い封書を目にし、絢子が驚き、顔面を引きつらせた。

余命録には、

令和元年一月十日
いよいよ令和が始まる。
私には限られた命がより限られた年月の始まりとなるであろう。

令和元年二月十日
大便失禁。一方で尿が出ない。どうなっている。医者は腎障害だという。肝障害だと思うがわからない。

毎日が大便の排泄で始まる。便意を催してから漏らすまいとして頻繁にトイレに駆け込む。それでも漏らすことがある。

残便感を便意と考え、トイレに駆け込むが大便が出ない。油断していると大便が漏れはじめ下着を汚してしまう。水洗いをして洗濯機に投げ込む。妻は素知らぬ顔をして洗濯を済ませるが、申し訳なさで一日中口をきかない。

排泄するために生きているようで何のために生きているのか分からなくなる。このような悩みは他人には話すことができない。

妻、絢子にも話すことができない。施設なら介護士が世話をしてくれるのだろうが、あまりにも度が過ぎると打擲されるのではないだろうか。報道される介護士の暴力事件は他人事ではない。

生きていくのはもういい加減、勘弁して欲しい。長寿がもてはやされるけれども当事者の苦労を知っているのだろうか。

できることなら、生きることに終止符を打ちたい。

腎障害が進行すると人工透析が必要になるなどと医者が言ったが、受ける身にもなって欲しい。土台、人工透析は延命治療そのものである。三時間も、症状によっては四時間も身体を横にして終わるのを待つ。拷問だ。動脈と静脈をつなぎ、シャントと称するものを造り、血液を浄化すると聞いている。怖い話だ。そこまでして命を長らえるなど考えもしたくない。延命治療はお断りします。長生きするためには力が要る。

透析はそのうち慣れますというが、高齢者は毎日死へと歩んでいるのにそういう言い方は間違いだ。死に近づくのに慣れるというのだろうか。医療従事者はもっと患者の苦悩に心を砕いて耳を傾けるべきだ。

医者は透析を受けていた婦人が九十一歳まで生き、長寿を全うしたという事例を挙げていたが、ただ生きていただけではないか。こんな例を挙げるなど軽薄も甚だしい。

令和元年七月十日

消えたい。もう終わりにしたい。排便がうまくいかない。絢子がため息ばかりついている。済まない。うまくいった時の達成感など一日のうちの数十分で終わる。

若い時から他人に侮られないように心がけてきた。あの忌まわしい高校での授業での出来事が私を縛り付けている。もう解放して欲しい。

どうせ私の存在なんて、たいしたことはない。いなくなっても、もうそんなに影響を与えるわけがない。

絢子さんも大便で汚れた下着をいやいやながら洗っている。忍びない。過労から解放してあげたい。

消えたい。もう終わりにしたい。

岡崎邦彦先生に電話をして、妻、絢子を頼む、と言った。妻は気付いていない。

息苦しいが妻には明るく振る舞おう。努めてハグをしよう。私の贈り物である。

……

余白が便箋二枚に亘っている。

刑事も首をかしげ、何度も読み返していた。

遺書にも思えるが、死にますとは書いていない。しかし、消えたい、という文字は、自死への意志を雄弁に物語っている、と刑事は考えた。

検視官も自死を裏付ける所見に乏しいが、余命録だけでは何の記録か明確ではないけれども自死を裏付けるものという結論を刑事に伝えていた。

結論を急ぎ過ぎたという批判もあったが、恭介を下手人に仕立て上げ他殺と判断することは無理で、自死という結論は妥当性があるとの主張が採り入れられた。

余命録が絢子に返されたのは二日後の夕方であった。絢子がグループホームの家主に問い合わせ、郁夫が恭介を電話で呼び出したことも判り、疑いも晴れた。何のために呼び出したのかは郁夫が死亡しているのでわからない、というのが刑事の解釈だった。

警察から、検視官の判断によると自死です、と告げられた。

絢子は事の経緯を振り返り、人命の尊さを改めて知った。警察の対応が理不尽ではないかと義憤に駆られたが変死という言葉をはじめて知り、それが検視官にとっても医師にとってもいかに重要かということも知って、絢子は無知もいいところと恥じていた。

恭介も兵児帯を目にして、よく見もせず首を吊った、と絢子に報せたのだ。父親の苦しみを軽くしようとして身体を動かしたのも子としての行為であって、その経緯を刑事が汲み取ってくれたのだ。

郁夫の死に誰よりも衝撃を受けたのは絢子であった。八十歳定年という内部規定で短大教授の職を退いてから付き合う人もなく、郁夫が受け取った年賀はがきは九十歳になる姉を除いて僅か一通だった。

郁夫が苦境に陥った時に岡崎邦彦が高校時代の担任教師でその頃は県の教育長をしていた小野稔に依頼し、高校の先輩の相原正義が短大の教授として受け入れてから五十年という年月が経っていた。郁夫が退職に当たって挨拶に出向いたが、相原はあいにく留守で会えなかった。事情はともかく自宅にも伺うことはなかった。郁夫が話し合える知人は皆無に近く、交流がまったくなかった。

〝退職後の悠々自適もいいか〟

と、郁夫の出不精を黙認していた絢子は後悔したが後の祭りで、方策を見出すのに苦労していた。

絢子は郁夫の死を誰に伝えたらよいか見当もつかなかった。思いついたのは受け取った年賀状を探し当て、岡崎邦彦にはがきで報せることであった。

本郷の喫茶店で会い、その後病院で二度会っただけだが、郁夫が頼りにしていた友人であることは間違いないので、八月に入ってから岡崎邦彦に手紙で郁夫が他界したことを報せた。

十二　郁夫の死を巡って

郁夫の訃報に接し岡崎が花を添えて弔電を送った。

その際に、郁夫から電話があり〝もうだめだ、妻を頼む〟というので〝何を言う、近いうちに訪ねるから〟と話したことを手紙に書き記し、奥様にこのことを伝えてむしろ困惑するのではないかと懼れ、伝えなかったことも書き添えた。

おおよそひと月経って、絢子からの手紙が届いた。

絢子の手紙その㈠
暑さのさなか夫、郁夫が八十二歳九ヶ月の生涯を閉じました。電報によるお花、お香を頂戴致したままご連絡もせず失礼致しておりました。遺影に並べてお花を飾り、お香も焚いており、感謝致しております。

お便りを拝読し、またまた号泣してしまいました。助けて！　というサインが私には分からなかったことへの悔やみです。私は郁夫へ可哀想なことばかりした女でした。仕方のない「今」気付かされましたが、遅い遅かった――

ひとつのことは、私が処女の印を郁夫に見せずじまいだったことで、後年それが男としてどんなに大切なことかを知って「母には月経が終わったのに」と報告をしたことを郁夫に話したことはありましたが、無知な私でした。その後のくらしの中で無知さかげんは分かったようでしたが、今回の鈍感さは到々夫を病の深みに落としてしまいました。「出会えてここ迄来たね」と言葉で言い合えるところまで来ていましたのに、私は神経がすりへって、疲れ切って、先生との電話のやりとりも聞き逃しておりました。妻を云々の言葉を聞きとめておりましたら、え？　と思ったことでしょう。いくら鈍感な私でも。三ヶ月と四日で母親が死別した可哀想な人、という思いは常に私はもっておりました。あの電話の後三日程毎朝黙って、立っている私を本当に優しくハグしてくれました。私も優しく応え、痩せた背中をさすってあげました。以前毎朝こうしようね、と言って続けていた時期はありましたが、ここしばらく途絶えておりました。夫なりに心の準備をしていたのかと思うと、私は人間失格、妻失格でした。悔やまれます。

サインを夫は出していたのです。

生母との再会を喜んでいるに違いない、と私はその一点でこれから生きていかねばなりません。

私は駄目な看護師でした。

お花、お香に加え沢山のお悔やみ、有り難うございました。

追記：夫の生地にある寺院のお導きで納骨を予定し、その墓地が弟、啓助《けいすけ》の妻君《さいくん》のほぼ隣地に確保してくださり、誠に有り難いことです。ご来県の折は御一報くださいませ。

絢子の手紙その(二)

季節はずれのこの暑さ、いかがお過ごしでしょうか。ご機嫌お伺い申し上げます。お報せ申し上げたことすら判然とせぬ頭の働きのなさでうち過ぎております。

家族葬の折に九十歳の故人の姉上様が、八十二歳までよくやってくれました、と私に声をかけて頂いて号泣しました。実は三十数年前に「海岸で松の木にネクタイをかけたところが身体の重みでネクタイが切れた為、こうしております」と断酒会の例会で話したことがあったのです、と初めて打ち明けました。

高校生になったばかりの甥、長姉に自死者がおり、何も八十二歳になってから――と、誰かが呟いておられましたが排泄のコントロールが八十歳よりできず三年近くパンツと闘っておりました。私は食の細くなったのを何とか美味い！　と言わせたくて、それを中心に暮ららしておりましたが、もっと優しく介護してあげれば、あのデイサービスに私が行かず、家におったなら……と、悔やまれて、悔やまれて……。

赤門の端で先生と初めてお会いした折に看護師さんのようなつもりで、と仰有ってくださったのをずっと胸に抱きながら参りました。

私の神経は伸び切ったゴムさながら、柔らかく対応できませんでしたが、かといって冷たく対応していたのではありません。

無限抱擁（母の愛）を痛切に求め、絶望したのだと今は思います。

応えてあげられなかった自分を責めても。

ごめんね、と写真に謝るばかりです。

世界救世教、真光、キリスト教と求めましたが、夫の病は死に至りました。

在世の苦難から解き放たれて自由になっている夫を想像し、そうあって欲しいと願ってお祈り致しております。

絢子の手紙その㈢

（泣いて、〳〵、声がつぶれました）

アドラーの言う幸せになるために生まれてきた、幸せの完結の日々をどのように語り合い過ごそうかと思っていた矢先、突然夫の郁夫は自分の意志を表現して旅立ちました。その日私はデイサービスで留守。病にとらわれ、今はその病によって解放されているのでしょう。

家族葬で見送り、樹木葬で納骨致します。

十三　郁夫の墓参り

岡崎は自身の出生地の近くでもある寺院の墓地に行き、郁夫の墓参りをすることを絢子に手紙で報せていた。

駅で待ち合わせていたが絢子の顔も忘れかけていて、しばらく途方に暮れていた。

待合室の入り口を見ていたら長い髭をたくわえ、異様な風貌をした男と、老婆とおぼしき連れをみて、もしや、と思い近づいたら絢子と恭介だった。

古くは藤原三代の領地だった平地を走り続け、郁夫の弟、啓助が運転する車で三十分ほどして墓地に着いた。

小高い丘に小さな樹木が植えられていた。墓標とおぼしき木札は小さく、見分けがつかない。名前も小さな字で書かれていた。初めて見る樹木葬の墓標を見つめ、岡崎は嗚咽をこらえていた。独りでの墓参は無理だ、迷ってしまう、と岡崎は先々を思い遣った。

駅に戻り喫茶店で次男、恭介を交え四時間ほど語り合った。

恭介がスマホを見せ、アニメを投稿していると言った。それを見て岡崎が「出来映えがいいのでいい線を行っている、これをやり通せるといいね」と、勧めた。

これで安心した、と絢子も恭介も笑顔を見せていた。

絢子の手土産を受け取った岡崎は大きなブリキ缶に驚いた。これを持って帰るのは無理と考え、弟と会う約束をしていたことを思い出し、会った時にその手土産を弟に渡した。

弟も大きな包みを抱え、苦笑していた。

「どういうセンスなのだろう」

弟の呟きを耳にした岡崎は、

「香典返しの品だろうが、受け取る人の困惑を考えるゆとりもないのかもしれない」

と絢子を庇った。

「そうだが、これを持って帰るのは大変だ」

と弟がガラガラと音を立てるブリキ缶を揺すりながら言い、

「気遣いが過ぎるとなんでも受け入れてくれると勘違いされる。悪く言うと引き摺られるおそれがある」

弟が諭すように言った。

弟と一緒に親戚回りをし、それぞれの家の位牌に向かい、香を上げた。郁夫のことはなにも話さなかった。突然の来訪に訝りながらも事情を汲み取ったのか、だれも訳を訊こうとしなかった。従妹の家で、大きな手土産を受け取ってくれと言ったとき、なんで、と事情を訊こうとしたが岡崎が何も聞かないでくださいと願った。従妹が素直に受け入れてくれ、深々とお辞儀をし、礼を言う岡崎を弟は、

「やさしさにも程がある」

と呟きながら兄の振る舞いをじっと見つめていた。

本家筋の家の出である岡崎に通常通りに敬意を表しただけのことであるが、従妹に郁夫のことを話さずに済んだことを幸いと感謝もした。

岡崎はその日のうちに帰京した。そして手紙を認めた。

十四　絢子と岡崎との文通

岡崎の手紙その㈠

気懸かりなことがあります。以前に郁夫さんが医師から腎臓の働きが低くなっていると言われていることです。クレアチニン値が高いと言われたと聞いています。三・一だったと記憶しています。年齢を考慮しますと腎糸球体濾過量が五・七でステージ四と判断されます。明らかに腎不全で、心不全の危険すらあります。郁夫さんが私に電話をしてきたとき声が掠れ、息も絶え絶えでした。呼吸困難の症状で心不全の兆候です。

責めるようで申し訳ありませんが、奥様は郁夫さんが苦しそうに息をするのに気付いていませんでしたか。

私は検視官ではありません。もし現場にいましたら心不全に見舞われ、箪笥の前に横たわった時にすでに心肺停止の状態であって、首に巻いた兵児帯が刺激になって状態が悪化したのでは、と考えています。首を吊ろうとしたかどうかも分かりません。なぜ兵児帯を首に巻いていたのか。暑い日なのでマフラー代わりとも考えられません。謎です。首に吉川線が見られたということですが、息苦しくて首を掻きむしったとも考えられませんか。

郁夫さんは間違いなく心不全で倒れたのです。兵児帯は、首に絡んではいますが大きな力になっていないのではないかと疑っています。検視官が判断するのに時間がかかったのは、索条痕すらなく自死を裏付ける痕跡がなかったからではないでしょうか。恭介さんに疑いがかかったのは郁夫さんの身体を動かしたからです。何とかしたいと思う子として已むを得ない行為です。

長くなりました。自分でもなにか取り乱しているようで申し訳ありません。

私は郁夫さんの自死という検視官の判断を疑っています。検証の段階で息も絶え絶えに電話をしてきたという情報を検視官が得ていなかったと考えます。絢子さんにもそのことを伝えなかった私の責任も問われてしかるべきと反省しております。

すでに火葬も終えてしまったので私の意見は通らないでしょう。でも郁夫さんの苦しみを思うと、それから逃れようとしたのだと思います。そのことを誰しも糾弾することはできないと考えます。

ご理解を頂けましたら幸いに存じます。

岡崎への絢子の返信その㈠

みちのくの地の桜も一斉に目覚めました。

この地の富士の鷲が大きな羽を拡げているのが鮮やかに見えて、昔からその姿を見て希望を膨らませた人々が多くいたのだろうと思いを馳せております。今は周囲の景色を見られるようになりましたが、思うに永い間夫の病に何もかも自分がなくなっていたものだ、と気付いたところです。せめて生の終わりに自分の意志で、と言っていたのに結果を知って分かった私はいまだに涙に暮れるのです。

絢子の返信その㈡

四十九日が過ぎたころ、私は株式会社ａｂａの社長である介護ベンチャー社長の記事を新聞で目にしました。

その中で、排泄データの収集は、高齢者の尊厳に関わるデリケートな作業です、と書かれていました。

これを読み、私ははじめて夫郁夫の苦悩を思い遣ったのです。

しかし遅かった。

私は己の迂闊さを恥じ、身体を擲《なげう》ち、夫、郁夫の位牌を抱きしめ、泣き崩れました。

絢子の返信その㈢

「安魂」（周大新著、谷川毅訳）を最近読了し、七、八年続いていた不眠症から解放されたところです。

人は幸福になる為にこの世に生まれてくるという言葉と出会い、アルコールに左右されない人生を夫と共に目指し、共に穏やかな日々を晩年の十年は過ごせたと思っていましたが、夫の言う「もう一つの病」からは逃げられなかった、と残念です。が息子達三人は三様に私を思い遣ってくれ、今幸せです。

絢子の返信その㈢への岡崎の返信

子を思う父親の思惑のずれ、切なさが伝わります。よかれと思っても裏目に出る。まさに解がありません。

死んだ息子は、苦しみながら解放されることを願い、それが叶うと、魂が肉体から離脱するのは、こんなに快適で気持ちがいいものだったとは、と告白しています。郁夫さんの気持ちに似ています。

奥様は郁夫さんからオリオン座の神話をお聞きになっていたと思います。星座がよく分からないと仰有っていたことも伺っています。郁夫さんはエジプトの人々と同じく、来世からこの世に残された人々を見守ろうとしたのではないでしょうか。「安魂」のお話と通じ合うのではないかと思われます。

郁夫さんは奥様や三人のお子さんを見捨てたわけではなく幸せを祈りながらこの世を漂っているとお考えください。

どうかお写真に向かってお声をかけ、無事であることを伝え、守っていただいてありがとうございます、と感謝の言葉を添えてください。

絢子からはその後、三回忌の法要を報せる手紙が届いた。

十五　郁夫の三回忌の法要

　郁夫の故郷でもあり岡崎の故郷でもある町の駅で待ち合わせ、墓地へ向かった。

　小さな墓標を見つけるのに苦労した。

　独りではとうてい来られない、と岡崎は改めて思い知った。火災予防のため線香は駄目、花ならよいという作法に、香の意味はどうなるのだろうと疑問を呈した。しかしその問いに答える者はいなかった。宗教とは無縁なのだと岡崎は改めて知り、死者との交流は他者の関与を拒む行為だと思った。

　絢子との話し合いも無用と思われた。岡崎が郁夫の冥福を祈るのは岡崎の個人的な行為で絢子を慮《おもんぱか》ることなど無用だということだ。

　岡崎の想いが錯綜し、いざ対面してみると絢子へのいたわりが意味のない虚妄ではないかと考えはじめた。

郁夫の死を自死ではなく病死であると説得した岡崎の煩悶は、だれにも理解されなかった。絢子も岡崎の友人としての気遣いは認めたが現に郁夫が死んでしまったことは否定できないし、それによって苦しんでいるのは自分であって岡崎ではない、と改めて自分に言い聞かせていた。

「岡崎先生、郁夫のことを煩わせて申し訳ございませんでした」

絢子の形式ばった言葉を耳にし、岡崎はぎょっとして身構えた。

「他界して満二年になりますが、私はいまだに郁夫さんの自死を認めていません」

岡崎が訥々《とつとつ》と話しはじめた。

「岡崎先生、夫、郁夫は苦痛に耐えきれず家族のことも考えずに消えたいと願い続けたのです」

絢子が淡々として言った。

「奥様は郁夫さんの介護のことでご自分を責めておられます」

岡崎が慰撫するかのように言った。

「ａｂａの記事を読んでお漏らしの辛さを汲み取ってやれなかったことで自分を責めたことは確かです。でも断酒会で救われなかったのは、郁夫さんの病気は救えなかったということだと思います」

絢子がそう言うと、

「それはどういうことですか。郁夫さんの病気が断酒会にそぐわなかったということですか」

「そうです。郁夫さんは先生の初期の治療で何とか教職を務めることができるようになりました。でも象牙の塔では通用しても一般社会では通用しないというか郁夫さんが馴染もうとしなかったのです」

「世間に背を向けたということですか」

岡崎が絢子に問い質した。

「郁夫さんは母校の教授になれなかった自分をあるべき姿とはかけ離れているという意識にとらわれ、学者としてこうあるべきだという考えに縛られていたのではないかと思います」

「専門領域での不全感も考えられますね」

「先生は郁夫の苦しみに寄り添うように心がけてくださいましたが、郁夫の自負心からしたら検証に耐えられる学説については失礼ですが岡崎先生は門外漢です」

絢子がこう言い切り、さらに、

「岡崎先生もお聞きになっておられると思いますが、郁夫は屈原の実在説に取り組み、悪戦苦闘していました。上司の内藤教授ですら屈原の実在説に疑問を呈していたのです。反対説を唱える学者は女性の方ですが次々と論説を発表し、賛同する方も多くなりました。郁夫はどちらかというと少数派で、人脈も限られ悩んでいました。図書館も少なく、母校の大学図書館や国会図書館で閲覧できないのは不利だと言い訳を漏らしていました。行き着くところはやはり負の烙印、スティグマをもたらしたパージだと内藤教授の仕打ちを口にしていました」

「そうです。トラウマです」

「そう簡単ではないのではないでしょうか」

「べきにこだわらず、あるがままで受け入れればよかった」

「と言いますと」

「岡崎先生は幸運です。少数派ではないですから」

「医者の世界は、なあなあですから」

「そうですね。命を削ってまで検証しなければ認められない世界ではないですね」

絢子が手厳しい評価を下し、さらに、

「断酒会で参加者の死を毎日のように聞かされ、絶望する人、お前達は最低のどうしようもない人間だと言われて奮起する人、それぞれ受け止め方の問題と言われればそれまでのことですが、生きづらさに打ちのめされている点では同じです。這い上がれる人は何らかのきっかけで這い上がれる、這い上がれない人はどんなことをしても這い上がれない。希望を持たせようとする試みはあくまで試みでしかない。医者の手当ても試みでしかなく治る人は治る、治らない人は治らない。悲観論でも何でもない。それが現実ではないでしょうか」

絢子の弁が止まらない。

岡崎は放心したようにうなだれていた。

「岡崎先生、郁夫は私たちに素晴らしい贈り物を贈ってくれました。高額の生命保険、介護からの解放。まさに神様の贈り物ですわ。これから次男と二人でマンションを求め、都会のまっただ中で誰にも煩わされずに暮らしてゆきます。郁夫の墓参もこれで最後にします。岡崎先生とお会いするのもこれでおしまいにします」

「え」

岡崎が絶句した。

「郁夫の苦悩は郁夫自身が解決すべきです。それを病として診るのは苦悩を外在化し、医師に委ねることになり郁夫の主体性を奪うのです。ましてや分からないままに薬物の力を借りて苦悩をやわらげることは医療行為という名を借りた冒瀆《ぼうとく》です。世界救世教には同伴してくださったと聞いていますが、断酒会も教会へも同伴してくださらなかったと聞いています。医師という職業を薬師と言っていた時代と変わらないのではないですか。人それぞれ寿命があり人はそれを受け入れる。その際に恐怖に見舞われる人には傾聴に徹し、汗をかく。それが医師に課せられた務めではないでしょうか。今は逝ってしまいましたが郁夫が私たち家族と共に今もなお闘っていると信じています。岡崎先生の役割は、郁夫と切り離して岡崎先生の課題として取り組むことです。お役に立とうなどというのは、失礼ですが自己満足です。

ご自分なりに一生懸命全うしようとされたのですからそれを否定的に捉えておりません。医師として皆さんがよくお分かりになっておられるでしょう。ついでに申し上げますが、お医者様の患者に対して話す言葉はお為ごかしとしか思えない類いの話が多いように思えます。お気に障るようでしたらお詫びいたします。岡崎先生、私の話を聞き逃さないようにお願いいたします」

絢子の話に岡崎は返す言葉もなく、ただうなだれて聞き入っていた。

「岡崎先生、ジョン・ナッシュ氏のエピソードをご存知ですか」

「病を発症し、長く苦しんだあと奇跡的に回復し、ノーベル経済学賞を受けた方です」

「妻、アリシアさんが、必要最低限の世話だけして、うるさいことはなにも言わなかったと言われています。それが夫に一番良いと見抜いていた。あれこれ考えないことです。なるようにしかならないのですから、と新聞の『天声人語』に書いていました」

「よい記事ですね」

「ヘルダーリンのことも教わりました。病で入院こそしたものの、母親の依頼で指物師の世話になり、ネッカール川の近くの温和な地で生涯をその地で過ごしたということです。詩作も続け、ハイデッガーも絶賛しているといわれています。この話をしますのは、今風に言いますとリハビリテーションが医師の治療に勝ったと言えるからです。ジョン・ナッシュ氏の妻アリシアさんの対応には感動しました。先生、どう思いますか」

「言うことはありません。私は余計なことをしたのではないかと思い知らされました」

岡崎がうなだれたまま言葉少なく言った。

「でも先生、恭介のアニメを褒めてくださったことはありがたく思っています。一筋に制作に励み、少ないですが報酬をいただけるまでになっています」

「治療などと言わずに良いものは良い、と話しただけですが」

「それが恭介にとっては励みになったのだと思います」

「かくあるべし、などということを言わなかったのも」

「かくあるべし、という自己規定からはずれることは世間からはじきだされることで、それは脅威でしょう。その苦しみから逃れようとして郁夫は自殺したのです。内藤教授に淫らな教師というレッテルを貼られ、精神科で病気と診断され、インシュリンショック療法というとんでもない治療を受け、才能も枯渇してしまったのです。今はアリシアさんをお手本にして恭介をふくめ家族を見守ってゆく心づもりです」

岡崎は言い返す言葉を見出せず、位牌に線香をと申し出たが、

「お気持ち、有り難く承ります。私どもの家の方に向かってお辞儀をしていただくだけで十分でございます」

という絢子の申し出に岡崎も応じ、深々と礼拝をした。

岡崎は喫茶店を出てまっすぐ駅に向かった。

新幹線の座席から見える岩手山に別れを告げ、東京駅まで岡崎は目を閉じたまま、頭の中を駆け巡る想念に身を任せていた。

「お為ごかしか」

絢子の言葉が棘のように岡崎の胸に食い込み、

「お為ごかしか」

と大きな吐息と共に岡崎がふたたび呟いた。

絢子と子供三人のみで郁夫の三回忌の法要が営まれたということで、岡崎は絢子と喫茶店で話し合っただけで、位牌への礼拝もできず、帰京した。

絢子が恭介と共にシェルターに入居したとの報せを受け取ったが住所の欄に記載がなく、岡崎も積極的に探そうとはしなかった。


それから五年の歳月が経った。以後の連絡も途絶えたままになっていた。

岡崎は自己嫌悪に苛まれ、幾人かの知人とも交流を絶っていた。

自分の行為がお為ごかしと評価され、それが精神医学への評価に繋がると岡崎は考え、関係者との連絡も絶っていた。学会誌は読むが症例報告に目新しい事例検討がなく、岡崎には古色蒼然とした文字の羅列にしか見えなかった。

岡崎は医師として自身の履歴を恥じ、自宅にこもるようになって一年が経っていた。心なしか足腰も弱り、歩く力が衰え、危うく転びそうになることも度重なり、娘に杖を使うように勧められた。八十七歳だから不自然ではないか、と苦笑しながら思い切って杖を買い求めた。鏡に向かい杖をつく姿を眺める岡崎を、娘が、だれも気にしないと笑い飛ばした。

何もかもかなぐり捨て、生きることのみに専念する。これが人生の基本中の基本だ。

岡崎は心の中で叫び、自著の論文も含め、多くの本を処分した。

死んだ後のことまで気遣うなど自意識過剰じゃない、と妻に冷笑されたが、これがおれのスタイルだ、と粋がってみせたが、背中を冷たい汗が流れていた。

十六　岡崎が遭遇した事故

岡崎は妻、雅子が医院を閉鎖し、転居したため仕事と言える務めがなくなっていた。

ある日、神社の境内を歩いていて老人が乗っている車椅子を避けようとして転倒し、顔面を打ち付けた。眼鏡が頬と額に当たり、皮膚が裂けた。そのため出血が多く、車椅子を押していた女性がハンカチを出して出血を止めようとしてくれた。出血が収まらず、その女性が、救急車を呼びましょうか、と声をかけてくれた。岡崎は自分で止めますからと言い断ったが、交番に知らせ、警官が来た。警官が腕を抱え、身体を支えるようにして派出所に向かい、着いてから椅子に腰かけた。鏡がありますか、と岡崎が言い、鏡に映った傷を見て、これはひどい、と呟き、警官が救急車を呼んでくれ、病院に搬送されることになった。

本人確認のため家族との連絡が必要と言われ、救急車のベッドに横たわりながら岡崎が隊員の携帯電話で妻と話そうとしたが、「あんた、だれですか」と妻が不審気に言い、確認できず、とどのつまり、救急隊員が救急病院に来てくださいと話し、その場は収まった。救急隊員もこれほど慎重なら詐欺に遭うこともないだろうと妙に感心していたが、岡崎は世情の変化に驚くと共に当たり前のことが当たり前でなくなっていることに気付いた。生きることが困難になり、住みにくい世の中になった、と実感した。

岡崎は、携帯電話ではあるが最も近いはずの妻との会話でさえできなかったことで衝撃を受け、世界が変わり、別世界になり、だれもが信じられなくなった、と嘆いた。

救急病院に妻と娘が駆け付けてくれ、身元確認を済ませ、頭部スキャン撮影の後、裂傷の処置が終わり、帰路についた。

郁夫の死が岡崎に与えた衝撃は、岡崎の人生観を変えていた。

十七　郁夫の七回忌

郁夫が逝って七年目の夏が巡ってきた。

絢子との手紙のやりとりも途絶え、消息すら知る由もなかった。絢子が生まれ故郷の東京へ転居すると伝えられて以来、住所も報せてこなかった。まるでシェルターにでも入ったかのようだった。高校の同窓会の名簿をたぐり郁夫の弟の住所を探し、手紙を出したが、シェルターの住所も分からず、手がかりが摑めないということだった。

唯一の親友と思い込んでいた岡崎にとって郁夫の妻、絢子の絶交に等しい振る舞いは意外でもあり、衝撃的であった。

郁夫の苦悩を病として外在化したのは郁夫ではなく岡崎だ、というのが絢子の考えだ。郁夫の苦悩を癒すのは岡崎の医師としての手腕に委ねられ、絢子をはじめ家族は見守り役に回らざるを得なかったのだという。

医者は治してこそ患者に感謝される。ただ寄り添うだけでは医者自身の自己満足にしかならない。

これを後で読んでください、と絢子が岡崎に渡した最後の手紙に、

「郁夫さんは病ではなくみずから望んで消えて逝ったのです。保険金も残してくれ、私共家族に贈り物をしてくれました。郁夫は病という言葉を忌み嫌いました。己の苦悩を病と称することで外在化し、医療従事者に委ねることを拒んだのです。夫は己の苦悩と戦い続けました。でもあまりの苦痛に耐えかね自ら終止符を打ったのだと思います。言い方を換えますと、自己完結です。自死を犯罪のごとく見做し世間の批判に晒されますが己に由来する苦悩に己自身で終止符を打つことを批判するのは無知蒙昧《むちもうまい》の所業です。検視官は人の命の営みをよく知りぬいた上で、開業医ですが警察医の任務を担っておられる医師の意見を参考にして最終的に判断を下したのだと考えています。岡崎先生との関わりはないのです。伴走していただいたように見えますが、病という認識がないのでその見方も疑問に思います。岡崎先生とは高校時代の単なる同級生というだけで、それ以上でもそれ以下でもありません。どうかお忘れになってくださいますようお願いします」

と書かれていた。

医者として責務を果たそうとしたのも身勝手な、しかも稚拙な医術を駆使しただけのことだと思われたのだ。医師として何の評価も下されなかったと思い至り、

「行きずりか」

岡崎が呟き、深い吐息を漏らした。

八十八歳になり、実質的に医療にも携わることもなくなり無職となった。しかし生きている限り医師免許は返上できないので学会には参加したいと願っていた。

医師には応召義務がある。健在でいる限り、それに従わなければならない。岡崎は勤務医でもなく開業医でもないが国から要請があれば患者の診療に当たらなければならない。妻は聴診器ひとつで診療する時代はもうとっくに終わったと口を酸っぱくして言うが問診、視診、聴診、打診、触診は基本であって機器による診断はあくまで補助診断である。補助診断に委ねるのは医道に反するとまで言い張り、「日経メディカル」の情報に毎日、目を通していた。学会参加は日頃研鑽を積んでいる人との交流が齎す帰属意識を新たにしてくれた。これをも自己満足と言われようと岡崎は意に介していなかったが、それすらも確信がもてなくなっていた。

ある夜、夢で郁夫の家を探し出し、行ってみたら郁夫が部屋で横になり、目を開けているが話をしない。表情は穏やかだ。

側にいた女性が岡崎に雑炊を食べるようにと勧め、それを食べるがいくら食べても減らない。吐きそうになっても食べるように勧められる。それに応えようとして無理に食べようとする。その時に目が覚めた。そばにいた女性は絢子かどうか分からない。子供がいたが誰かわからない。

郁夫が穏やかな表情をして横になっているのは、死んだ人間にとって何が起きようと関わりのないことだと教えているのだ。

この夢は単なる夢ではない。現実そのものを映し出している。

岡崎は人の営みの奥行きの深さに感銘を受け、夢を克明に記憶し、それにこだわり続けていた。

絢子が言ったことが棘のように身体に食い込み岡崎を悩ませていた。食べても食べても映し出されている減らない雑炊そのものが棘のように喉に突き刺さっているのだろうか。

絢子の言うことに打ちのめされ、自分をも含めあらゆることに吐き気を催している自分に気づき、岡崎は背筋が凍るのを覚えた。

岡崎はそれでも生きることを捨て去る気にはなれなかった。死ぬまで生きつづけていればいい。死後に残された者の気苦労などを考えることすらおこがましい、と思えるようになった。死者の業績などをどのように受け止めるかは残された者次第だ。それをあれこれ思い巡らすのは現実にそぐわない。生きるとは、ただ生きるということに尽きる。現実世界で起きていることは生きている者によってなされている。死者は手も足も出せずただ穏やかに横たわっているしかない。

死後の後始末を残された者の善意に委ねることは人の心を知らぬ者の虚妄である。そう考えた岡崎は数千冊の本を処分した。

岡崎は学会に所属しているというだけで辛うじて帰属意識を満たしていた。いまさら識見など寄稿してもすぐ古びてしまい、廃棄処分場で著書も裁断されるだろうと考え、成り行きに任せるだけ、と腹を括っていた。

死者にとっては生きていたことの証しなど、すべて消え失せている。

月日が矢の如く過ぎ、忘却の彼方に去って行くのを気にも止めなくなっていた。

岡崎は昼間の大半を椅子に腰をかけ、うとうとして過ごしていた。ただ医師免許だけは返上していなかった。現実に妻は開業する医院を閉鎖し、東京の郊外にあるマンションに転居してからは岡崎の顔を知る者もなく、岡崎からも医師であることを名乗らない。

無位無冠というと大袈裟だが、店で買い物をしても床屋へ行っても岡崎に気兼ねせずに言葉遣いも様々であることに気付いた。これまで相手が気遣いを見せていたことに気付かされ、裸の王様という言葉を愚者の振る舞いと言い直していた。

〝愚かだった〟

呟く岡崎に覇気はすでに失われていた。

何かの役に立てば、という思いもあった。これもお為ごかしと言われれば致し方ない。

乾いた想念が岡崎の脳裏を掠めていった。

母の命日に妹夫婦と墓参りをした。岡崎の妻は墓参りをしない。位牌があれば灯明と線香を上げるだけで充分だと考え、それを頑なに守り通している。

「お兄さん元気ね。この分だと百歳まで生きる」

と妹達が言うのを耳にして、岡崎は妻との会話を思い出していた。

「貴女は百まで生きる」

岡崎が妻に言った。

「軽々しく言わないで。生きるのに苦労しているのにそういう言い方はよくない」

と妻が言い返した。

岡崎は、気遣うつもりがまるで妻の苦労に気付いていない自分の浅はかさを思い知らされたのである。

自分を否定的にしか見られなくなり、独りで抱え込み訴えることもできないでいる兄の孤独に気付いていない妹たちを岡崎は微笑みながら見つめていた。

岡崎は愛されていると実感した体験がなかった。どういうことが愛されているというのか、言い表すことができなかった。妻、雅子に愛されているのかそうでないかも言い表す言葉をもち合わせていなかった。

郁夫も同じだった。郁夫は妻の愛を受け止めることができず、己の苦痛から逃れることのみを考え、自ら命を絶った。

愛されているという体験がない岡崎は郁夫と変わりがないのに生きながらえている。

岡崎は、愛されているとはどういうことかと摑もうとしても摑むことのできない想念に取りつかれていた。

〝闇だ。郁夫さんとどこが違うのだろう〟

〝居場所を探し求めてトー横にたむろする若者と変わりがない〟

岡崎の力のない小さな呟きが、妹たちの談笑で掻き消されていた。

笑みさえ浮かべている岡崎の心の闇を知る者は誰一人としていなかった。

十八　後日談

岡崎は学会へ参加するために地方に出かけた。米寿を迎えての参加に妻は反対したが毎年のことと岡崎は言い張り、三泊四日の予定で家を後にした。宿は例年に従い会員になっているビジネスホテルである。

会場は国際会議が開かれる建物で欧米人向きに設計されていて、欧米人と比べて身体が小さく歩幅も狭い日本人には苦労が要るだろう、と岡崎なりに懸念を抱いていた。

会場を隈なく歩き回っても知っている同僚は一人もいなかった。

二日目に会場で階段を下りていた際に足を踏み外し、転倒した。

倒れる際に一瞬の間ふわりと宙を舞っているようで苦痛もなにも感じなかったし、声も出さなかった。

救急処置は施されたが、意識が戻らず、学会事務担当者が岡崎の健康保険証や医師資格証を探し出し、家族に電話で連絡をした。しかし岡崎の妻は詐欺を疑い、取り合わなかった。「異状死ガイドライン」に従って外因による死亡とされたが、警察官の警察署長への報告を基にして監察医が呼ばれた。変死体を疑い、最終的な判断が監察医に委ねられた。関係者の事情聴取が行われたが事件性は否定され、高齢による筋力低下が招いた転倒が主たる原因とされた。

さらに搬送先の国立大学病院で放射線検査が行われ、死亡時画像診断の結果、外傷性硬膜下出血が死因と判断された。

家族が岡崎と対面したのは二日後だった。搬送や死亡時画像診断、医師への診察料等が示され、雅子が支払った。

現地で荼毘《だび》に付し、葬儀も火葬場において家族葬という形で済ませた。

家族といってもコロナ対応で都合がつかないという連絡が入り、二人とも医師である長男夫婦、次女夫婦も参列しなかった。

今は施設を持たない医師である妻と医療従事者ではない次女が野辺の見送りに参列しただけだった。

岡崎は五年前に生家の累代の墓を閉じ、住まいの近くの墓苑に新たに墓を求めていた。遺骨はそこに納められた。

初夏を告げる季節であったが例年より気温が低く、過ごしやすい一日であった。（完）

あとがき

幼児期に愛されているという体験が乏しいかまったくない人は、愛されていることに確信がもてず、醸し出されている愛そのものを掴み取ることもできず、両手の指の間から漏れ出てしまうことを懼れ、絶えず不安に脅かされている。

幼児期の母親の死別という体験は、抱えられている両手から地上に突き落とされるに等しい衝撃を受ける。

戸籍に父親の名前がなく、婚外子として届けられた子は傷つき、それを癒す術を見出せないまま生き抜かなければならない。人は生きるために心の内側から主観的に観察しているので周りの者の心遣いも子には届かない。こんなに可愛がっているのに、と嘆くことの方が間違っているのだ。

物心がついて以来どう思い起こしても愛されたとかやさしくされたなどという記憶がまったくない人にとって、普通一般に言われているやさしさとか愛などという言葉はもちろんのこと、与える側の行為自体が心に食い込んでこない。実際に体験していない彼らは与える側のすべてが自分の抱いているイメージにそぐわないと感じ、それを受け容れられずにいる。

充たされていないという抜き難い思いを抱き、だれかが声をかけてくれることをひたすら待ちつづけ、それが叶えられないと、どこか他所へ行ったらあるいは、という想いに取りつかれる。体験の裏付けがないだけにイメージにしか頼るすべのない彼らは自分がなにを求めているのか、極端になると自分そのものが分からなくなってくる。現実を吟味するゆとりのない彼らは、自らの抱くイメージにそぐわない世界の中にあって己の充たされぬ想いを癒してくれる対象を求めてさすらいつづけるのである。このような心的体制を私はナルチスムス的防衛と位置づけた。言い換えると自己愛的防衛とも言える。

トー横に集まる若者の苦悩に相通じると言えば大袈裟かもしれないが、耳を傾けてくれれば幸いである。

この度、上梓した本書で、登場人物の一人である郁夫の妻が、関わった医師である岡崎の医師としての対応を「お為ごかし」と喝破し、岡崎の防衛を見事に化けの皮を剝がすかのように見透かしている。

これは精神医療への警鐘とも言うべきである。近年に精神科医が参照するマニュアルに疾患名が増えている。それを基にして診断治療へと手短に事を進める医師が多くなった。そもそも患者の愁訴は主観的である。それをおかしいと言い募る人々の捉え方も主観的である。にもかかわらず、数に勝るからというだけで客観的であり科学的であるという強弁がまかり通っている。

苦悩に耳を傾け共に模索し続ける医師が少なくなっている。

本書を通じてこの傾向に疑問を抱く人がいてくれれば著者にとって望外の喜びとなるであろう。

これまで書き記したあとがきは、拙著『流離の精神病理』（一九八五年・金剛出版）の「はじめに」に沿い、加筆したことをお断りしておく。

屈原に関しては明治書院発行『新解釈漢文大系34　楚辞』（星川清孝著）を参照した。

エジプトの民の死生観に関しては、河出書房新社発行『新装版図説　エジプトの「死者の書」』を参照した。

最後に本書の上梓に助力してくださった新潮社の秋山洋也さんに感謝を申し上げます。

二〇二三年十月

著者

佐々木時雄（ささき・ときお）
1936年、岩手県生まれ。弘前大学医学部卒業後、東京大学医学部精神医学教室入局。医学博士。1964年、関東労災病院神経科勤務。同病院神経科部長を経て、労災リハビリテーション長野作業所所長等を歴任。労働衛生コンサルタント、日本医師会認定産業医、精神保健指定医。著書に、『ナルシシズムと日本人』（弘文堂）、『流離の精神病理』（金剛出版）、『〈こころ〉の病を考える』（弘文堂）、『よだかの星　―宮沢賢治を読む―』（新潮社図書編集室）他多数。

負《ふ》の烙印《らくいん》・自死《じし》

著者
佐々木《ささき》 時雄《ときお》

発行日
2023年12月20日

発行　株式会社新潮社 図書編集室

発売　株式会社新潮社
〒162-8711　東京都新宿区矢来町71
電話　03-3266-7124（編集室）

印刷所　錦明印刷株式会社

製本所　加藤製本株式会社

©Tokio Sasaki 2023, Printed in Japan
乱丁・落丁本は、ご面倒ですが小社宛お送り下さい。
送料小社負担にてお取替えいたします。
ISBN978-4-10-910266-7 C0093
価格はカバーに表示してあります。